Gänsehaut... Momente...

© 2022 Rainer Poth

Buch Bild©: Simone Braun **www.simbra.de**

Bibliografische Information der Deutschen Nationalbiblio-
thek: Die Deutsche Nationalbibliothek verzeichnet diese
Publikation in der Deutschen Nationalbibliografie; detaillier-
te bibliografische Daten sind im Internet über dnb.dnb.de
abrufbar. „Herstellung & Verlag: BoD - Books on
Demand, Norderstedt". **ISBN: 9783756240937**

Vorwort

Das Lesen meiner Zeilen soll Ihnen in erster Linie Freude & Harmonie geben, es sind Beschreibungen meiner Gedanken & Wortspiele meiner ambitionierten Beobachtungen des täglichen Miteinanders. Es sind gelebte Emotionen & Erfahrungen im Spiegel der Zeit; amüsant & nachdenklich erzähle ich im Bewusstsein eigener Konsequenzen von menschlichen Stärken & Schwächen. Darüber hinaus soll von meinen Gedanken & Texten eine besondere Kraft ausgehen, zum Nachdenken & Träumen anregen, ihren Horizont erweitern & ihre Blicke öffnen für Bekanntes & Bewährtes, aber auch für Neues & Unentdecktes. Meine Gedanken sind hinsichtlich des Inhaltes & der Form vielschichtig, entsprechend vielseitig & umfangreich. Überzeugen Sie sich selbst vom Spiel mit Worten.

Alles, was ich noch so weiß

Ich spürte zwar noch Berührungen, nahm alle Worte wahr, sah wechselnde Situationen, konnte klar denken. Graue Schleier hatten sich erhoben, das Neonlicht schmerzte, selbst der Wechsel von Tag zur Nacht war kaum noch wahrnehmbar. Jeder Versuch, ein Wort zu formen, schlug kläglich fehl, denn meine Lippen konnten sich nicht bewegen, weil sie nicht mehr gehorchten, erhielten keinen Befehl. In einer grauen Schwelle zum „**Nichts**" war ich nun angekommen, gefesselt im diesem „**Jetzt**".

„Ich lag verdammt nochmal im Koma!"

In diesem neuem „**Jetzt**" sendete keine Faser meines Körpers noch ein Signal. Keine Gesten zeigten noch Leben, jede Absicht blieb verschlossen. In meines Körpers Grab war ich nun gefangen, aber das Grab lebte noch. Mit einer Seele, die langsam zu sterben drohte, war ich auf einmal im eigenen Körper lebendig begraben. Das Bewusstsein war zwar vorhanden, die Maschinen funktionierten gut, hielten mich am Leben, erleichterten mein Atmen & hinderten mich am Sterben. Das Leid & die Schmerzen blieben erhalten.

Niemand kann erahnen, erahnen, was solche Schmerzen bedeuten Schmerzen, nur ich! Ich konnte ja nicht schreien, nicht mal mehr weinen, nur fühlen, war nun gefangen in dieser neuer Welt. Ich litt in dieser Schwelle im **"Nichts"**, in dem ich nun angekommen war.

Mein eigenes Erlebnis vom 19.12.2000

<u>Erklärung eines Komas</u>

Du kannst denken, hören & fühlen, kannst dich aber nicht bewegen oder gar sprechen, im Koma ist das die harte Realität. Wenn man am Syndrom reaktionsloser Wachheit leidet, befindet man sich in der Regel zwischen einer tiefen Bewusstlosigkeit & dem bewussten Wachsein. Du hast die Augen offen, sie zeigen jedoch keinerlei Reaktion, manchmal aber können externe Reize kleine Reaktionen auslösen. Anders ist es bei minimalem Bewusstseinszustand (Koma), Sie neigen zu sporadischen Anzeichen von Bewusstsein, sind jedoch nicht mehr in der Lage zu kommunizieren.

Nun aber folgen Texte & Gedanken mit denen ich mich selbst therapierte, um alles besser zu verarbeiten.

Von der Angst sich selbst zu verlieren

Das klingt jetzt vielleicht verrückt, irgendwie habe ich Angst, mich selbst zu verlieren. Es ist so viel passiert & ich versuche es, aber es gelingt mir nicht, all das Geschehene zu akzeptieren. Irgendwie weiß ich nicht mehr wer ich bin, habe meine Ziele verloren, sehe keinen Weg, weiß nicht mehr wohin. Ich versuche die Vergangenheit & die Menschen darin loszulassen. Nur waren das die Menschen, war das der Ort, an dem ich glaubte hinzupassen. Da waren die Menschen, an die ich glaubte, Menschen, denen ich zu viel vertraute. Ich wünschte, es würde alles in meinen Gedanken verblassen. So wie Nebel, der so dicht ist, dass man nichts sieht & der dann verschwindet, so als ob es ihn nicht gab. Irgendwie weiß ich nicht mehr, wer ich bin, habe meine Ziele verloren. Ich weiß nicht mehr wohin, habe Angst mich selbst zu verlieren. Lass` mich auf das, was andere über mich sagen, reduzieren.

Ja, ich weiß, das ist doch egal, was andere über mich denken & ja, ich weiß, man sollte nicht jedem einfach so sein Vertrauen schenken. Vertrauen ist sehr wichtig, vor allem aber ist es das für mich in diesem einen Moment. Aber es war genau dann kein Vertrauen da & das ist der Punkt, an dem sich unser Wege trennen sollten. Irgendwie weiß ich nicht mehr, wer ich bin, habe meine Ziele verloren & weiß nicht mehr wohin. Irgendwie habe ich Angst, mich selbst zu verlieren, kann mich gerade nur auf meine Fehler konzentrieren. Frage mich täglich: War es falsch, die Wahrheit zu sagen, wenn jeder lieber in Manipulation & Lüge lebt? War es egoistisch von mir, am Ende dir alles zu sagen? Alles was ich hatte, habe ich in deine Hände gelegt, alles ändert sich, es änderte auch dich, änderte mich. Das alles veränderte mich & jetzt weiß ich nicht mehr wer ich bin, habe meine Ziele verloren & frage mich: Wo führt nun die Zukunft hin? Du lässt mich selbst so unsicher fühlen, durch dich fühle ich mich so klein, irgendwie da habe ich Angst, nie wieder so wie früher zu sein.

Gefühlte Gedanken

Der Ursprung war wohl Zuversicht, die Hoffnung gebar, die zu Liebe wuchs, sehr schön an sich. Das zu beschreiben galt es im Gedicht, das dann der Reim ganz klar ausspricht, in klarem Ton, aus gutem Grund, sinnlicher Lohn. Vielleicht etwas wund, der jedoch nicht ganzen Vergangenheit, da Erinnerung spricht, die ihn auch heilt & stets erneuernd wohl aufleben lässt, in Gedanken beteuernd, welche Gefühle her geben, in gedanklicher Liebe eben.

Für dich allein

Was ist die Liebe? Sie gibt dir Schwingen, lässt Saiten klingen, lässt Vögel singen. Was ist die Sehnsucht? Lässt dich träumen, den Tag versäumen, das Leben schäumen. Was ist Glück? Es ist der Tag, der neu erwacht, die Sehnsucht, Liebe, Leben ist & schweben, träumen, klingen. Was ist das Leben? Es lässt dich schweben, die Liebe leben, die Sehnsucht spüren, das Glück erfühlen. Liebe! Lebe!

Wunder

Was ist ein Wunder? Sind sie stets da? Müssen sie wahr sein; oder gar sonderbar? Wo ist die Grenze zwischen Wissenschaft, Wunder & Physik? Sucht ihr die Antwort, so sollten wir mal in unsere Kindheit zurück schauen. Erinnern wir uns doch noch einmal! Was war für uns Wunder, was war normal? Das jede Schneeflocke einzigartig ist? Oder das glitzernde Bild, von dem wir wissen: Nur gefrorenes Wasser ist gefährlich, macht alles nur glatter. Ist dieses Glitzern nicht besonders toll? Um nicht zu sagen wundervoll, voller Wunder! Für uns doch so normal. Ich frage mich: „Ist es für uns keine Qual, durch all unser Wissen & Verstand, für alles Antworten zu finden, dass uns das Auge für Wunder langsam droht zu entschwinden? Wir scheinen es auch nicht schlimm zu finden. Oder bemerken wir es nicht? Wir sollten nur noch folgendes wissen: Wir beginnen schon früher, für Wunder zu erblinden. Wissen es nicht mehr zu schätzen, wie winzig & wichtig ein Sandkorn sein kann. Erinnern uns scheinbar nicht mehr daran, was für ein Wunder doch ein Spiegel ist.

Das alles nur, weil wir bereits wissen, dass es für alles irgendeine Erklärung gibt. Für Kinder ist's völlig klar, all die Geschichten, sie sind wahr: Warum sollte es keine Wunder geben? Warum sollen Hexen, Drachen & Feen nicht existieren & Tiere, die sprechen? Doch wenn wir einmal Wunder suchen, so bedenken wir, sie sind selten unter einem glänzenden Tuch verborgen. Wir denken, sie wären dort versteckt. Doch halt! Ein Kinderauge wird es rasch entdecken, ein Wunder kann klein & unscheinbar sein, muss nicht immer glitzern, so viel ist klar. Wenn wir dann ein Wunder sehen, ist es dann nicht wichtig, dass wir es mit allen Sinnen erleben? Dass wir darüber staunen & uns besinnen, dass es die kleinen Dinge im Leben sind, die wirklich zählen. Bedenken wir: Wir können nicht stets wählen, doch haben wir die Wahl, zerstören wir unser eigenes Denken. Die Qual, in Prinzipien gefangen zu sein, bemerken wir es doch: Durch sie sind wir weniger Sein als Schein! Beachten wir die Wunder, die wir sehen, damit wir endlich mitten im Leben stehen. Fällt es auch am Anfang schwer, lass` uns Kinder beobachten, das hilft oft sehr.

Denn Kinder können noch staunen über so manche Dinge, die Erwachsene schon gar nicht mehr erkennen. Warum sehen wir denn bloß nicht mehr die Welt & das Himmelszelt als Wunder? Wenn wir es schon tun & es trotzdem zerstören, können wir es nicht verstehen, dass uns so was empört? Wir zerstören damit Wunder! Ist uns das eigentlich nicht klar? Ich halte einige Menschen für sonderbar! Lass` uns die Wunder schützen, denn sie machen uns doch stark. Lass uns doch unseren Seelen / Plunder abschütteln & wenn uns jemand sagt: „Es reicht, lass` es sein & habe den Mut, denn alle Zerstörungen tun uns nicht gut." Dann hört darauf & erkennt die Wunder & Zeichen, die uns doch alle nur bereichern.

Gläsernes Herz

Mein brennendes Herz lag dir zu Füßen. Dein kühler Blick verformte es zum gläsernen Ball, den du mit Füßen getreten, hin & her geworfen & schließlich fallen gelassen hast.

Wann genau ist genug, wirklich genug?

In der heutigen Zeit ist es an die Wichtigsten, guten Leistungen zu bringen, einen guten Job zu haben, um „**genug**" Geld zu verdienen. Da haben wir es schon wieder, das Wort „**genug**". Was bedeutet „**genug**" Geld zu verdienen? Wann weiß ich, dass etwas „**genug**" ist? Wenn ich mich selbst versorgen kann & wenn ich mir immer wieder eine neue Garderobe oder neue technische Spielereien kaufen kann. Oder erst, wenn ich eine Villa am Strand, ein schickes Auto habe & mir alles leisten kann was ich haben möchte? Wer entscheidet, wann es „**genug**" ist? Die Antwort auf diese Frage ändert sich mit dem Zeitpunkt & dem Standpunkt, von dem aus sie gestellt wird! Für jeden hat das Wort „**genug**" eine andere Bedeutung. Manche denken vielleicht gar nicht an Besitztümer! Der „Eine" fragt sich, habe ich „**genug**" gelernt, oder weiß ich „**genug**"? Der Andere überlegt hingegen, bin ich gut „**genug**"? Doch wieder stellt sich die Frage, gut „**genug**" wofür? Gut „**genug**" für den Job, oder sich selbst? Worin liegt der Unterschied, oder existiert da überhaupt ein Unterschied?

Jeder wird alle diese Fragen unterschiedlich beantworten. Das bringt mich zum Nachdenken, ob es genau darauf eine richtige Antwort gibt, oder doch mehrere geben muss? Die Überlegungen zur Bedeutung des Wortes **„genug"** setzen sich so ewig fort. Viele Menschen wollen heutzutage immer mehr, mehr Geld, mehr Besitz, doch auch mehr Wissen, mehr Erfahrungen & mehr Erkenntnisse. Werden wir je **„genug"** haben? Wird die Menschheit irgendwann aufhören zu erforschen, zu erkunden, neue Quellen zu erschließen? Ressourcen abzubauen & somit womöglich zur Zerstörung beizutragen? Wann ist damit **„genug",** wann wird die Menschheit eine Antwort auf diese Frage finden? Ich hoffe sehr, dass es dann noch nicht zu spät ist, dass es an diesem Tag, an dem die Menschheit **„genug"** hat, es noch eine lebenswerte Welt geben wird.

Werden wir je wissen, wann es wirklich endgültig **„genug"** ist?

Der Zug des Lebens

Das Leben ist wie eine Reise im Zug, man steigt oft ein & aus. Es gibt Unfälle & bei manchen Aufenthalten angenehme Überraschungen & bei anderen tiefe Traurigkeit. Wenn wir geboren werden, steigen wir in den Zug ein, treffen dort Menschen, von denen wir glauben, dass sie uns während unseres ganzen Reises begleiten. Bei unseren Eltern ist die Wahrheit oft eine andere, sie steigen bei einer Station aus & lassen uns ohne ihre Liebe & Zuneigung, ohne ihre Freundschaft & Gesellschaft zurück. Allerdings steigen andere Personen, die für uns sehr wichtig werden, in den Zug ein. Es sind unsere Geschwister, unsere Freunde & diese wunderbaren Menschen, die wir lieben. Manche der Personen, die einsteigen, betrachten die Reise als kleinen Spaziergang. Andere finden nur Traurigkeit auf ihrer Reise & es gibt wieder andere im Zug, die immer da & bereit sind, denen zu helfen, die es brauchen. Manche hinterlassen beim Aussteigen eine immerwährende Sehnsucht, manche steigen ein & wieder aus & wir haben sie kaum bemerkt.

Es erstaunt uns, dass manche der Passagiere, die wir am liebsten haben, sich in einen anderen Wagon setzen & uns die Reise in diesem Abschnitt alleine machen lassen. Selbstverständlich lassen wir uns nicht davon abhalten, die Mühe, sie zu suchen, uns zu ihrem Wagon durchzukämpfen. Leider können wir uns dann doch nicht zu ihnen setzen, da der Platz an ihrer Seite schon besetzt ist. Macht nichts, so ist halt meist die Reise! So voll von Herausforderungen, Träumen, Fantasien, Hoffnungen & Abschieden, jedoch ohne Rückkehr. Also, machen wir die Reise auf die bestmögliche Weise. Wir versuchen, mit unseren Mitreisenden gut auszukommen & wir suchen das Beste in jedem von ihnen. Erinnern wir uns daran, dass in jedem Abschnitt der Strecke einer der Gefährten schwanken kann, möglicherweise Verständnis braucht. Wir werden öfter schwanken & es wird jemanden geben, der uns versteht. Das große Mysterium der Reise ist, dass wir nicht wissen, wann wir endgültig werden aussteigen können. Genauso wenig, wann unsere Mitreisenden aussteigen werden, nicht einmal der, der gleich neben uns sitzt.

Ich glaube, ich werde wehmütig sein, wenn ich aus dem Zug für immer aussteige. Ich glaube, die Trennung von einigen Freunden, die ich während meiner Reise traf, wird schmerzhaft sein. Ich habe dennoch die Hoffnung, dass rasch der Zentralbahnhof kommt, um das Gefühl zu haben, endlich angekommen zu sein. Was mich glücklich machen wird, ist der Gedanke, dass ich mitgeholfen habe, Gedanken zu vermehren & wertvoller gemacht zu haben. Meine Freunde schauen darauf, dass wir eine gute Reise haben & dass sich am Ende die Mühe gelohnt hat. Versuchen wir, dass wir beim Aussteigen einen leeren Sitz zurücklassen, der Sehnsucht & schöne Erinnerungen bei den Mitreisenden hinterlassen wird. Denen, die Teil meines Zuges sind, wünsche ich eine gute Reise!

Sehnsucht I

Stiller See, der Mond spiegelt sich am Steg, da stehe ich nun, mein Herz versiegelt. Gedanken an dich kommen mir in den Sinn & mein Herz dir verspricht, dass ich stets bei dir bin.

Sehnsucht II

Sehnsucht ist mehr als Verlangen, Sehnsucht ist immer auch Bangen. Sehnsucht ist mehr als Begehren, ist achten & verehren. Sehnsucht ist das Lieben von Herzen, ist Kummer, sind Schmerzen. Sehnsucht ist Hoffnung, & Freude, Sehnsucht heißt auch warten. Ich habe Sehnsucht!

Sehnsucht III

Gedanken kreisen umher, zerren an meinen Kräften, schließe ich die Augen, blende alles aus. Doch tauchen sie wieder auf, will ich nur noch einschlafen, Lasten verlieren, mir keine Sorgen machen. Verantwortung abgeben & mich fallen lassen, von jemandem umsorgt werden & einfach nur einschlafen.

Sehnsucht IV

Den Kopf voller Bilder & doch so leer, das Herz voller Freude & doch so schwer. Der Körper will schweben, doch drückt ihn die Last. Die Sehnsucht ist Ebbe, die Sehnsucht ist auch Flut, ist Trauer, aber gibt auch Mut. Ich brauche die Sehnsucht für mich zum Leben. Ich liebe die Sehnsucht, denn ich liebe dich.

Sehnsucht V

Ist die Liebe Schmerz; geboren aus einem leeren Herz, sie sticht tief in dir drinnen, lässt Minuten als Tage verrinnen. Sehnsuchtssprache ist das Weinen, aus dem Willen, sich zu vereinen. Ihre Nahrung ist die Einsamkeit & Trauer, macht sich schließlich in dir breit. Ist der Seele Qual, trifft sie dich, hast du nur eine Wahl, stelle dich hinter der Liebe Schild, dann werden alle Schmerzen mild.

Sehnsucht VI

Ich bekomme dich weder aus meinem Kopf noch aus meinem Herzen, nicht zu wissen, wie es dir geht, bereite mir große Schmerzen. Ich würde so gerne bei dir sein, in deinen Armen nah an deinem Herzen liegen. Vergangenes vergessen, endlos lange Zeit die Liebe mit dir genießen.

Nun denn, vorbei ist vorbei, ich hab's versiebt, trotzdem, ich habe dich unsagbar lieb.

Es bleibt alles so, wie es ist

Kann ich ihr vertrauen? Sie sieht so ehrlich aus, doch der Schein kann auch trügen. Wie oft las ich schon "Sprich mit deinem Partner über Probleme", doch wenn das so einfach wäre! Soll ich ihr mein Herz ausschütten, meine Probleme erzählen, meine tiefsten Geheimnisse verraten? Es wäre schön, ihr vertrauen zu können! Doch würde es sie überhaupt interessieren?! Würde sie es nicht kindisch, albern oder gar nebensächlich finden? Sie könnte & würde damit meine Gefühle verletzen. Das Risiko ist zu groß!

Ergo; Bleibt alles so, wie es ist!

Jeder Gedanke

Denn du denkst, es beeinflusst dein Leben, jeder Traum, den du träumst ist ein Weg auf der Suche nach dem Sinn. Jedes Gefühl, was du wahrnimmst, ist eine Antwort auf deine Wünsche. Gehe bewusst die Straße deines Lebens entlang, die dich zu dir selbst führt, denn dort bist nur du zu Hause

Suche

Mut ohne ehrliches Vertrauen, geboren im Herzen der Hoffnung, auf was? Kann man lieben, ohne Angst zu haben, ohne die Antworten zu kennen, die jede Nacht für Nacht quälen. Die Gedanken eines liebenden Herzens sind doch der Atem unserer Welt, nur durch diese Gedanken leben wir jeden Tag aufs Neue. Gedanken ohne Hoffnung & Liebe verhallen wohl im Weltraum. Chaos & unverständliche Worte umgeben uns, sind Teil von uns. Doch was wären wir ohne sie? Der Weltfriede, der kommt nicht nur durch einen Menschen alleine, welch` ein naiver Glaube der Menschheit. In uns wohnen der Friede, die Sehnsucht & der Ruf nach Freiheit, doch wir sperren uns selbst ein. In Käfige, die aus Hass, Zorn & Ungläubigkeit gemacht sind: In diesen Gefängnissen zittern wir & klammern uns an die Gitterstäbe, die Hoffnung bedeuten. Wir sind gefangen in uns selbst & sehnen uns nur nach Freiheit. Doch sind wir noch weit davon entfernt zu verstehen, dass wir dieses Schicksal selbst in der Hand haben. Ich verurteile nicht, ich blicke in mich selbst & erkenne die erschreckende Wahrheit:

Jeder muss zuerst bei sich selbst anfangen. Solange die Menschen dies nicht erkennen & nicht danach handeln, solange werden wir nicht frei sein. So wird diese Welt nicht in Frieden leben können. Es klingt traurig, hart & anklagend, nicht wahr? Die Wahrheit ist aber oft am schmerzlichsten.

Du bist mein Herz, meine Sehnsucht & alles zugleich

Wenn ich an dich denke, dann leuchten die Sterne am Himmel ein wenig heller. Wenn ich an dich denke, dann schlägt mein Herz einen Schlag schneller. Wenn ich an dich denke, dann bedeutet das für mich Vertrautheit, Zuneigung & Liebe zugleich. Es gibt für mich nichts Wunderbareres, mit dir den Moment der Zärtlichkeit & der Lust zu spüren. Ich liebe jeden Quadratzentimeter deines Körpers, ich liebe es, wenn deine Finger meinen Rücken entlangfahren. Du bist die einzige Frau, mit der ich diesen Moment ganz genießen kann.

Du bist mein Herz, meine Sehnsucht, ach,

einfach; alles zugleich.

Lieben heißt, sein Gegenüber als Person zu verstehen

Seit wir uns kennen, ist mein ganzer Körper, mein Denken, mein „Ich" & mein eigenes Selbst auf dich bezogen. Ich will dich glücklich sehen, denn dein Lachen stimmt mich umso glücklicher. Dein Gesicht, deine Haut, überhaupt alles an dir lässt mir im positiven Sinn keine Ruhe, wie auch deine Stimme so beruhigend wirkt, sie aktiviert mich so sehr. Deine Berührungen geben mir eine Gänsehaut & lassen mich innerlich beben. Aber du wirkst bereits auf mich, wenn du einfach nur im Raum stehst, wenn du schläfst, in ein Buch vertieft bist & bemerkst mich gar nicht erst. Ich will den Satz für dich umformulieren: „Du wirkst auf mein Herz nur alleine durch dein Sein!"

Herzverwahrt für alle Zeit!

Die Blume der Liebe ist von jeher die Rose, trotz ihrer Dornen wird sie geliebt. Wie die Dornen der Rose zu manchen Zeiten kann auch die Liebe Schmerzen bereiten & doch wie schön, dass es sie gibt.

Für dich

Ich versuche dich zu fühlen & fühle mich, nur dieses eine Mal
ohne Angst, ohne Zweifel, ohne Wut & überhaupt ist alles auf
einmal so leicht & befreit! Ich habe mich in deinen Augen
gesehen, als ob ich in einen Spiegel schaue, das hast du mit
mir gemacht, du bist mein Frieden. Ich strecke meine Hand
aus & fühle dich, obwohl du nicht hier bist. Ich zeichne deine
Formen in die Luft & überhaupt fühlt sich alles auf einmal so
gut an! Ich trage dich in meinem Haar, hinter meinen Ohren,
unter meiner Haut. Du bedeckst mich ganz, schirmst mich
ab, das hast du mit mir gemacht, du bist meine Zuflucht.

Nach all dieser Zeit

Steh ich vor dir mit flammendem Herz, mit dem flehenden
Blick & leeren Händen; gäbe es etwas, was dich bewegen
könnte, ich würde es tun. So aber stehe ich nun wieder vor
dir.

Angst

Du sagst, du hast Angst vor zu vielen Gefühlen in einer Beziehung. Denn aus Erfahrung weißt du, dass es dich überschwemmen würde. Du sagst, du hast Angst, nicht mehr klarzukommen, mit all den Zwängen, denen du in deinem Leben ausgeliefert bist. Du kannst dir Schwäche nicht erlauben in einer Wirklichkeit, die Stärke von dir fordert, zumal du sie verändern willst. Du sagst, du möchtest wissen, was du tust, du kannst dir Risiken nicht leisten. Du hast deine Erfahrungen gemacht & weißt, wo deine Grenzen sind. Packt dich denn nie die Reiselust? Du hast dich gut an sie gewöhnt & darum möchte ich dir auch keine deiner Ängste nehmen. Im Gegenteil, noch eine weitere wäre ich imstande, dir zu geben: Die vor deinen eigenen Ängsten.

Wir träumten voneinander

Sind davon erwacht, wir leben, um uns zu lieben & sinken zurück in die Nacht.

In der Nacht

Wenn der Mensch zur Ruhe kommt geht die Seele wandern, durch das Tal der Traurigkeit, die Höhle eines Schmerzes. Die Wiese der Fröhlichkeit, auf dem Berg der Freude, dieser Wege endet im Tal der Träume. Doch wenn der Morgen naht, kehren sie zurück, wissend um die Wanderung. Der Mensch aber, in dem sie wohnt, weiß nichts von der Ruhelosigkeit seiner Seele. Doch jede Nacht beginnt die Wanderung erneut. Versuche aber niemals, deine Seele zu begleiten oder sie in einen Käfig zu zwängen, dann leidet sie Qualen oder stirbt. Lass sie laufen & sie fängt dich auf, egal wie schwer das Leben wird, sie hat die Kraft zu heilen. Denn in der Zukunft wird die Vergangenheit jeden Tag ein wenig schöner & die Bilder, die dich quälen, verblassen Stück für Stück. Geliebt zu werden & lieben zu dürfen ist das Schönste was es gibt, dieses Gefühl möchte ich noch lange genießen dürfen.

Gefühle in mir

Echt genug mit anderen Maßstäben abgesessen, eingestanzt, in das Herz hinein, daher oft in stillen Zimmern verschanzt. Vertrauen verloren selbst in mich, somit mich selbst betrogen. Angelogen & verbogen um zu gefallen, ich wollte Freundschaften, für diesen blöden Preis. Was ich heute weiß, in mich gekehrt, Schicksal mich des Besseren gelehrt, verbotene Gefühle & Gedanken erwachten. Will nicht mehr schmachten, ausgedacht ab & zu Papier gebracht.

Der Himmel in mir

Es ist die Tiefe deiner Augen, sie schafft den Himmel in mir, es ist das tiefe Vertrauen, es schafft den Himmel in mir. Du nimmst mich an die Hand, führst mich in ein fernes Land. Gehst durch die Wolken der Sonne entgegen, gehst mit mir ohne Zögern durch den dichtesten Regen. Der Himmel in dir schafft den Frieden in mir!

Der Himmel in mir

Es ist die Tiefe deiner Augen, sie schafft den Himmel in mir, es ist das tiefe Vertrauen, es schafft den Himmel in mir. Du nimmst mich an die Hand, führst mich in ein fernes Land. Gehst durch die Wolken der Sonne entgegen, gehst mit mir ohne Zögern durch den dichtesten Regen. Der Himmel in dir schafft den Frieden in mir!

Wahrhaftigkeit

Die Träume weinen, Tränen, Hoffnungen leckt sie, stillt ihren Durst am Auge & Sprache trinkt Schweigen. Empfindungen, für die keine Worte geschaffen wurden, die kein Buchstabe tragen könnte. Das „Ich" bricht Stücke aus der Zeit, die Träume weinen, Tränen im Glück ihrer Wahrhaftigkeit.

Wir können

Positive Energie in unser tägliches Leben bringen, indem wir mehr lächeln, mit Fremden reden, Händeschütteln. Umarmungen ersetzen & unsere Freunde anrufen, nur um ihnen zu sagen, dass wir sie schätzen.

Geliebter Stern

Sorglos träumend ohne zu fallen, liege ich in deinen Armen, wirst behüten & halten mich, mit deiner Liebe warm. Bin liebevoll beschützt, durch deine Nähe & Zärtlichkeit, wirst für immer an meiner Seite sein, für die Ewigkeit. Meine Liebe zu dir lässt mein Herz heftig schlagen, tief in mir, meine Gefühle & Gedanken, die widme ich nur dir. Meine Geliebte, innerlich hast nur du mich so berührt, durch einen Blick in deine sanften Augen, dieser Blick wird mich ewig verführen. Bleibst dicht bei mir, auch wenn du körperlich ganz fern, mit meiner Seele sehe ich dich immer, mein geliebter Stern.

Du gehst so wie du bist

Kommst zurück, so, wie du dann bist & ob du kommst & wann das ist, bestimmt dein Weg, den du gehst. Weggehen ist, wie eine Lücke auf tun, von Anderen wird der Platz frei gehalten.

In Erwartung deiner Wiederkehr.

Wenn du ganz oben angekommen bist

Wissen deine Freude, wer du bist, wenn du ganz unten bist, weißt du, wer deine wahren Freude sind. Verlasse dich auf niemanden in dieser Welt, denn selbst dein Schatten verlässt dich in der Dunkelheit. Lerne das, was du hast, zu schätzen, bevor die Zeit dir beibringt zu schätzen, was du hattest. Gib nie auf zu kämpfen, wenn du fühlst, du könntest noch weiter kämpfen, warte nie auf den perfekten Moment, sondern nutze den Moment, um es perfekt zu machen. Das Leben hat vier Sinne: Liebe, leiden, kämpfen & gewinnen; wer leidet, kämpft, der gewinnt. Liebe genug, leide wenig, kämpfe jeden Tag & gewinne immer!

Allein

Und jetzt bin ich wieder allein. Allein mit den Gedanken, allein mit den ganzen Gefühlen, allein mit den ganzen Druck, der um mich ist. Woher soll ich die ganze Kraft nehmen? Wie soll ich das alles schaffen? Ich kann das nicht mehr, ich will nicht mehr.

Herzschmerz

Niemand hört, wenn dein Herz zerbricht, aus Stolz trägst du ein Lächeln im Gesicht, keiner nimmt von deinem Kummer Notiz, dir kommt es vor als wäre alles nur ein Witz. Tief in dir hast du Hoffnung, alles wird gut, erhält dir mit Erinnerungen deinen Mut, doch die Gewissheit schleicht sich ein. Es wird jetzt enden & vorbei sein, es nimmt dir die Kraft, raubt dir den Verstand, du siehst dich um, auf jeder Seite eine Wand Ein Gefängnis aus Mauern der Verzweiflung, Emotionen treiben einen in den Wahnsinn. Durch & durch fühlst du dich verloren, immer kurz davor, dich aufzugeben, aus der Geburt der Einsamkeit zu entfliehen, dich der Abwärtsspirale zu entziehen. Das Herz, das gebrochene, wieder zu flicken, nicht im Morast der Sehnsucht zu versinken. Gedanken nicht an das, was war, zu verschwenden, Hoffnungen gänzlich zu unterdrücken. All das gelingt dir nicht, weil dein Herz vermisst, was damals war & für dich so wertvoll ist; kannst deine Gefühle nicht mal kurz abstellen, was dir genommen wird nie wieder kommen.

Du fehlst mir

Was würde ich dafür geben, wenn ich jetzt den Arm ausstrecken könnte, um dich zu berühren, einfach, damit ich weiß, dass du an meiner Seite liegst. Doch der Platz neben mir ist leer, ich vermisse deine Stimme vor dem Einschlafen. Die Trägheit, die in deinen Erzählungen mit schwingt, vermisse deinen Atem, der sanft meine Haut berührt, die Wärme, die dein Körper ausstrahlt. Was würde ich dafür geben, in diesem Moment den Kopf zu drehen & dabei deinen Augen zu begegnen. Wenn ich doch einfach nur die Hand ausstrecken könnte, um deine Wange zu berühren. Das Lächeln, welches dein Gesicht erstrahlen lassen würde, wie vermisse ich es doch. Ich vermisse deine Arme, die mich umschlingen, wenn du dich auf die Seite drehst. Das Gefühl, deinem Körper so nahe zu sein, vermisse das Gefühl von Leichtigkeit, wenn du an meiner Seite bist. Mich immer so sanft in den Schlaf begleiten, morgens, wenn ich aufwache, fällt mein erster Blick immer auf die leere Seite des Bettes. Weißt du, dass ich sogar das Geräusch der Kaffeemaschine vermisse?

Es war immer ein Zeichen, dass du wach bist, dass du da bist, aber jetzt ist es still. Ist schon seltsam, wie schnell man sich an Dinge gewöhnen kann & wie sehr die kleinen Geräusche fehlen, wenn sie nicht mehr da sind. Jeden Tag, jede Nacht, Stunde um Stunde, immer wieder, deine Nähe, deine Wärme, deine Stimme, einfach du selbst. Du fehlst mir so sehr.

Liebesgedicht

Das schönste, das ich im Leben sehe, ist dein Lächeln, bevor ich morgens aufstehe. Der schönste & edelste, der purste Genuss, ist dein warmer, zarter Kuss. Das schönste Gefühl auf dieser Welt ist es, wenn du Hand hältst. Das pure Glück ergreift mich dann, wenn ich in deine Augen sehen kann. Deine sanfte Berührung deiner Hand, lässt mich zerfließen wie feiner Sand. Deine Stimme ist meine schönste Musik, zwischen uns stimmt immer deine Aura, nur wenige Worte aus deinem „Du", sie vertreiben rasch Kummer & Sorgen. Nur eine Umarmung in deinem Arm macht mir das Herz warm. Ich liebe dich & danke dir, für alles, was du mir bedeutest.

Sich seiner selbst bewusst sein

Das mit dem Selbstbewusstsein ist so eine Sache: Hat man viel davon, besteht die Gefahr, egozentrisch & mit Scheuklappen durch die Welt zu laufen. Nur wenig auf das zu geben, was Mitmenschen empfinden & sich selbst zu oft in den Mittelpunkt zu stellen. Hat man zu wenig von ihm, macht man sich oftmals kleiner als nötig, traut den eigenen Fähigkeiten nicht & legt zu viel Wert auf die Meinung anderer. Glücklich macht auf Dauer der goldene Mittelweg: Sich dann in die erste Reihe zu stellen, wenn die eigenen Talente gefragt sind & in manchen Momenten anderen den Vortritt zu lassen.

Niemand kann alles, was für ein Glück.

Zusammenhänge

Mit jedem Wort, mit dem ich dir von mir erzähle, mit jeder Reaktion von dir auf meine Worte. Mit jeder Reaktion von mir auf deine Worte erkenne ich mehr & mehr mein Selbst.

Liebe ist mehr als

Freude & Glück, mehr als Nähe & Freiraum, nehmen & geben. Frieden & Freiheit, Zurückhaltung & Geduld, Ergänzung & Bereicherung, ausgleichen & auffangen. Liebe ist mehr als; Zuverlässigkeit & Vertrauen, Sicherheit & Verantwortung, Kontinuität & Beständigkeit, wie auch Verlässlichkeit & Treue. Liebe ist mehr als: Offenheit & Ehrlichkeit, Demut & Ehrerbietung, Wertschätzung & Respekt, Gutmütigkeit & Nachgiebigkeit & Großzügigkeit. Freigiebigkeit ist mehr als: Genügsamkeit & Enthaltsamkeit, Selbstlosigkeit, Kompromissbereitschaft, Toleranz. Gleichberechtigung, Uneigennützigkeit, & Selbstbestimmung ist mehr als: Hilfsbereitschaft & Fürsorglichkeit, Barmherzigkeit & Mitgefühl, Rücksicht & Verständnis. Wie Wohlwollen & Sanftmut, Anteilnahme & Hingabe, Milde & Vergebung, Güte & Gnade, Empathie. Mehr als tiefe Freundschaft & Herzenswärme, Liebenswürdigkeit & Herzlichkeit. Freundlichkeit & Menschlichkeit, Zuneigung & Zärtlichkeit, Innigkeit & Träumen, Muße & Wärme.

Liebe ist mehr als: eine tiefe Herzenssache & ein wunderbares Gefühl, große Sehnsucht & süßes Träumen nach Geborgenheit & Stille. Liebe ist so ein wertvolles Geschenk!

Schweben

Eben bin ich noch geschwebt, in einen zarten Traum verwebt, weit trug mich deine sanfte Kraft, zerwühlt sind alle weichen Kissen. Bei dir, da ist mein Herz in Haft, ich schmelze unter deinen Küssen, gibst mir Wärme, bist so innig, fühlst mich an & bei dir bin ich ein anderer als der, den ich kenne. Die Weichheit entdecke ich mit dir, wenn ich deinen Namen nenne, brennt mein Herz wie Glut in mir, bist für mich das Licht der Liebe. Ich weiß nicht, wo ich bliebe, wenn du für mich verloren bist, weil dann mein Glück zu Ende ist.

Konzentriere dich

Auf deine Stärken, nicht auf deine Schwächen, auf deinen Charakter, nicht auf deinen Ruf. Konzentriere dich auf deinen Segen, nicht auf dein Unglück.

Vermisse

Ich vermisse deine fürsorglichen Augen, die voller Liebe mich anblicken, dein sanftes Streicheln meiner Wangen so sanft & zart. Zartes Umschlingen meiner Finger mit deiner Hand, verschmelzendes Liebespfand. Des schon lange erträumten Traumes, verbunden mit sehnsüchtigen Worten, verbunden mit Gesten, wahrer, aufrichtiger Liebe. Raum & Zeit vergessen, schöne intimste Liebesschwüre langsam den Raum erfüllen. Einhüllen in den Mantel der Verschwiegenheit, abgeschieden von der Wirklichkeit, pures Glücksempfinden.

In deinen Augen

lese ich eine ganz besondere Geschichte. Es sind die Rufe der Leidenschaft, die dich so sehr strahlen lassen, dass sogar der Mond mit dir um die Wette lacht & sich nicht scheut, dir den Weg in der Dunkelheit zu beleuchten. Das innere Licht heilt deine Wunden & lässt dich kämpfen, wenn der starke Wille ein Teil von dir ist.

Von Unbekannt an Unbekannt

An denjenigen, der dies lesen wird, Wer bin ich? Woher komme ich? Wohin gehe ich? Ich habe genug von den Fragen, zu denen ich keine Antwort finde, ich habe genug davon, in einer Welt herum zu irren, die mich von sich stößt. Ich habe genug davon, Leute nach Antworten zu fragen, die mich auslachen & mich verspotten. Wer bin ich? Ich lebe kein eigenes Leben, ich lebe ihren Traum & lebe für die Zukunft, die sie sich erträumen. Sie reden & reden, sie reden über eine Zukunft, die ich nicht sehe. Immer deutlicher spüre ich die Fäden, die mich handeln lassen wie eine Puppe. Was einmal war, meine Träume, meine eigene Zukunft haben mich verlassen, das Kinderlachen verschwimmt zusammen mit der Vergangenheit. Alles Licht ist verschwunden. Wer bin ich? Woher komme ich? Ich höre die anderen von ihrem Zuhause sprechen von dem Ort, von dem sie kommen. Einen solchen Ort muss ich auch haben, doch ich weiß nicht, wo er ist. Zwischen ihnen allen bin ich allein in der Dunkelheit gefangen, aber ich kann sie so deutlich sehen.

Sie stehen alle zusammen & sie lachen & sie strahlen, die Dunkelheit kann ihnen nichts anhaben. Ich strahle nicht wie sie, ich bin allein, völlig allein in der Dunkelheit. Woher komme ich, wohin gehe ich? Ich habe so stark an meinem Leben festgehalten, habe mich an es geklammert, weil ich Angst hatte. Jeden Tag habe ich mich aufgerafft & mich durch einen weiteren Tag gequält.

Ich denke an dich

In vielen Momenten des Tages, einfach, weil du dich in meine Gedanken schleichst, einfach nur um meinem Tag mehr Sonnenschein zu geben. Manche ruhigen Augenblicke tragen meine Gedanken zu dir & lässt mich wünschen, bei dir zu sein. Ich genieße diese Augenblicke, denn wenn ich meine Gedanken schweifen lasse, führen sie mich. Dabei habe ich mich immer wieder gefragt, ob es den Schmerz wert ist. Es war die Angst, die mich zurückgehalten hat, doch die Angst ist nicht mehr da. Wohin gehe ich?

Meine Fragen quälten mich, mein Herz schmerzte, ich weinte, ich war eingeschlossen. Tränen fielen auf den Boden meines Käfigs, während die Dunkelheit mich umhüllte. Ich zitterte, ich hatte Angst. Was konnte ich schon tun? Die Finsternis umschloss mich, war gefangen & völlig allein. Völlig allein, ich wollte doch nur das Licht sehen. Kann ich es sehen? Heute Nacht weine ich nicht, heute Nacht entfliehe ich durch meinen eigenen Ausgang. Wer bin ich? Woher komme ich? Wohin werde ich gehen?

Meine Seele hat es eilig

Ich habe meine Jahre gezählt & festgestellt, dass ich weniger Zeit habe zu leben, als ich bisher gelebt habe. Ich fühle mich wie dieses Kind, das Bonbons gewonnen hat: Die ersten isst es mit Vergnügen, aber als es merkt, dass nur noch wenige übrig sind, beginnt es, sie wirklich zu genießen. Ich habe keine Zeit für endlose Treffen, bei denen die Statuten, Regeln, Verfahren & internen Regelungen besprochen werden, in dem Wissen, dass nichts erreicht wird.

Ich habe keine Zeit mehr, absurde Menschen zu ertragen, die ungeachtet ihres Alters nicht erwachsen sind. Ich habe keine Zeit mehr, mit Mittelmäßigkeit umzugehen. Ich will nicht in Versammlungen sein, in denen aufgeblasene Egos aufmarschieren. Ich dulde keine Manipulierer & Opportunisten! Ich ärgere mich über Neider, die versuchen, Fähigere in Verruf zu bringen, um sich deren Plätze, Talente & Errungenschaften anzueignen. Leute diskutieren keine Inhalte, nur Überschriften, meine Zeit ist zu kurz um Überschriften zu diskutieren. Ich will das Wesentliche, denn meine Seele ist in Eile, ohne viele Süßigkeiten in der Packung. Menschen, die über ihre Fehler lachen können, die sich nichts auf ihre Erfolge einbilden. Abtauchen in den Strudel der emotionalen Gedanken & Gefühle, innerste Revolution von geballten Illusionen & Faszinationen. Reflektionen der impulsiven, & effektiven Träume, ohne Bedenken & Grenzen. Selbstaufgabe & leidenschaftliche Hingabe. Alles geben & hineingezogen in den herzbebenden Wellen, die wie kleine Stromschläge gar dich liebevoll in Beschlag zu nehmen wissen, ohne ein schlechtes Gewissen haben zu müssen.

Leichter Schauer dich erzittern lässt bis zu den Füßen & zurück. Taumel der Glückseligkeit der Liebesmacht, entfacht, ganz sacht entzündet & in deiner Seele mündet. Frohgemut das Herz, es verkündet in deinen Augen, es sich widerspiegelt, während dein Mund versiegelt bleibt. Stumme Zeugen deiner Verliebtheit, Verlorenheit des Taumels, eines kleines Teils der Ewigkeit, der in deiner Erinnerung bleibt. Egal wie weit die Zeit uns weitertreibt & so mancher Moment im „Nu" sekündlich schnell & unmittelbar verstreicht & zum neuen Auftakt wieder weicht.

Es ist gut

manchmal die Augen zu schließen, um besser zu sehen. Mal die Stille zu suchen, um besser zu hören. Die Leere zu ertragen, um erfüllt zu sein. Doch was auch immer geschieht, die Zeit wird es zeigen, ich werde dir ewig dankbar bleiben.

Sicherheit ist so eine Art Aberglaube

Auf die Dauer ist es nicht sicherer, Gefahren zu vermeiden, als dich ihnen offen auszusetzen. Das Leben ist entweder ein gewagtes Abenteuer oder es ist Nichts.

Mein Weg des Lebens

Ich weiß, es wird nicht einfach sein, doch nach vielen Überlegungen weiß ich, dass ich leben will! Etwas hat mich hier gehalten, du hast mich hier gehalten, doch ich will wegen dieser Sache Leben. Steinig wird der Weg, voller Gefahren, doch ich werde es meistern, denn aufgegeben habe ich schon oft. Manche werden mich lieben, manche werden mich hassen. Doch so ist es nun einmal & für andere Menschen werde ich mich nie ändern. Es ist mein Weg, mein Leben & ich alleine muss es meistern. Anderen werde ich helfen, ihren Weg zu meistern wenn sie wollen & ich weiß, wenn mir jemand seine Hilfe anbietet werde ich sie annehmen, sofern ich sie brauche! Auf meinem Weg werde ich viel erleben: Freude, Glück, Liebe, aber auch Schmerz, Kummer & den Tod. Doch ich will leben, wegen dieser einen Sache, die sich freundschaftliche Liebe nennt!

Streicheleinheiten der Seele

Belegte Kehle, verfehlte so das eigentliche Ziel, sinnlos abgetrieben im Strudel der unterschiedlichen Emotionen. Tief bis ins Herzen gehend & auf ewig dein alleiniges Eigentum. Ja, dein Freigeist, mit so manch unsichtbaren Ketten, bin da nicht richtig mehr zu retten, wie im Treibsand der tausend Gefühle & deren Träume. Tränenreiche Fantasien, wehrlos ausgeliefert, machtlos erlegen, sinnlos weitergerudert. Näschen gepudert, weg von der Realität. Ein Raum ohne wirkliche Zeit, Glückseligkeit für jenen Moment, zu einem beherzten Sprung durch die Lebensreise, neue Dimension. Ja, die Perfektion der Liebe, mit so mancher ihrer Triebe, Öl im Getriebe des Lebens & dessen Gefüge, mit jedem neuen Atemzug. Ich bin bereit, es ist meine Zeit, begrenzt, doch nutze ich sie, da sie niemals wiederkehrt, die Reise mit der Seele. Manche davon beschwerlich & mühsam, andere wiederum leicht & man hat das Gefühl, man schwebe dahin. Irgendwie verirrt man sich, durch die Fantasien & Träume beflügelt, deren Flügel sind Helfer der Seele.

Dadurch will sie uns motivieren & anspornen zu neuen Zielen & Plänen, sicherlich nicht immer so einfach, das muss ich nicht extra erwähnen. Dennoch ist es, als wenn ein Bauer sein Saatgut ausstreut. Langsam, aber sicher aus dem Samenkorn ein Getreide entsteht. Welches gemäht & gemahlen uns zum Geschenk wird, um uns so zu ernähren. Toller Plan & Pakt im beständigen Takt unserer Herzen. Klasse Zuversicht auch auf längere Sicht.

Jeder

Manchmal zweifelhaft zu ertragen, dennoch zwangsläufig ist es leider so. Das Leben ist eben eine Talfahrt mit Höhen & Tiefen, ab & zu zum Schniefen. Komm`! Schaffe dir wieder ein paar Freiräume für deine Seele & Geist, auch wenn der Weg des Schicksals dir Schranken aufweist. Beiße dich durch den roten Faden, wie eine feine Schnur, an der sich die Tage wie Perlen aneinander reihen. Es werden paar Tränen fließen, doch die dich befreien, dir wieder ein Lächeln in dein Gesicht zaubern. Höre auf zu hadern; vor allem, lade dir nicht zu viel auf. Lass` dem Leben seinen Lauf, es geht mal hoch oder ab, da beißt keine Maus den Faden ab.

Nein, das machst du doch schon, höre leise auf deines Herzens Ton, im beständigen Takt. Herrlicher Pakt, auch wenn manche Dinge anders laufen als geplant oder erdacht, du meisterst diese Hürden & Bürden, denn du bist du & niemals allein. Dein inneres „Ich" geleitet durch die Züge des Schicksals & im Takte des Herzens wird es dich immer begleiten durch den Strom der Zeit.

Eigenes Leben!

Du fragst mich Tag für Tag wie es mir geht, fragst dich nie, worum es selbst in deinem Leben geht. Du kümmerst dich immer um andere & vergisst dein Schmerz, Leid & deine Vergangenheit. Es wird nicht besser, wenn du alles verdrängst & so weiter lebst. Lebst in Qualen, erinnert an den schweren Tod, bei deinem gleichgültigen Lächeln sehe ich nur noch rot. Ich bin immer für dich da, auch wenn du mich mal vergisst. Doch muss ich immer zusehen, wie du alles in dich herein frisst? Geht doch endlich weg, Vergangenheit & schwerste Erinnerungen. Sagen helfen da nicht viel. Du wirst nie sagen können; ich habe es ewig überwunden. Muss ich dich erst hassen, damit du die Augen öffnest?

Ein Weg / eine Lüge

Ganz klar & deutlich liegt er vor mir, lange Zeit konnte ich den Verlauf nicht erkennen. Der Weg, steinig & grob, durchzieht mein Leben, lange Zeit konnte ich das Ende nicht erkennen. Dieser Weg, kalt & herzlos, beschwert mein Herz, jetzt kann ich das Ende ganz klar & deutlich erkennen. Er ist steinig & grob, absolut kalt & herzlos. Am Ende des Weges werde ich wieder alleine stehen. Gleichzeitig wird es der Anfang eines neuen Weges sein. Doch zuerst sehe ich das Ende dieses Weges. Es tut weh, was ich sehe, & ich schließe einfach meine Augen.

Immer Liebe

Jede Sekunde, jede Minute, jede Stunde, jeder Tag, jede Woche, jeder Monat, jedes Jahr ohne dich, ist, als wär ich nie geboren worden, als würde ich nicht existieren. Du machst mich komplett, du bist der Grund, warum ich lebe, ich brauche dich!

Ein letztes Mal

Geh ich durch diese Räume, an meiner Seite die Vergangenheit, in jeder Ecke flüstern unsere Träume. Ich bleibe stehen, denke mit Zärtlichkeit an all' die Jahre, die wir hier verbrachten, wir hatten es bestimmt nicht immer leicht & doch, wenn unsere Kinder fröhlich lachten, hat uns das Wenige zum Glück gereicht. Sie sind inzwischen ihren Weg gegangen, das Schicksal führt auch uns heute fort von hier, es ist nicht leicht von neuem anzufangen. In diesen Zimmern bleibt ein Teil von mir. Die kahlen Wände seufzen leis: „Vergangen!" Ein letztes Mal gehe ich durch diese Tür.

Vergangenheit ist vergangen

Ich hoff auf das, was kommen mag, suche das Vergessen & sei nicht mehr in die Idee vernarrt, die Idee sich zu lieben. Die Idee, die schon lange nicht mehr existiert, die Idee sich zu verlieren. Die Idee, nach der du schon zu lang gierst, ich weiß, wie du dich fühlst. Ich weiß, was dich so stark bewegt, ich weiß, dass nichts mehr dich kühlt. Ich weiß, wie langsam du verbrennst & jede Sekunde bereust & ich jede einzige Sekunde bereue.

Was ist zu tun?

Es ist immer etwas zu tun, das Rad des Lebens dreht sich immer schneller, die Zeit kennt keinen Halt. Sie fordert heraus, sie prüft & bestraft; sich abhetzen oder zu spät kommen, alles loslassen, sich Ruhe gönnen oder Angst vor Muße haben. Auf dass die Zeit ohne uns weiterläuft, uns vergisst, uns am Rande des Weges alleine zurücklässt, während die anderen mithalten, uns überholen. Ihre Ziele erreichen, ihr Glück schneller finden, erfolgreicher werden als wir selbst. Ist das wichtig oder egal, jeder kennt seinen eigenen Motor oder manchmal auch nicht gut genug, wenn er überhitzt auf Hochtouren weiterläuft bis er abstirbt & stehen bleibt – es musste so sein. Ich stehe morgens auf, dann trinke ich meinen Kaffee danach kommt der Rest, das, was zu tun ist das, was sich nicht aufhalten lässt, das, was wichtig oder unwichtig ist Schritt für Schritt. Ich blicke mit Gelassenheit ins Gesicht der Zeit, sie lächelt mich an & nimmt mich an der Hand.

Liebe ist

Wenn meine Blicke die Wunder deiner Welt entdecken, wenn deine Worte mit meinen Verschmelzen, wenn deine Gedanken die meinen Lesen, wenn mein Herz in deiner Brust schlägt, wenn mein Atem deine Lungen füllt. Liebe ist, wenn deine Träume mit meinen den Himmel berühren, wenn deine Sehnsucht in meiner Seele widerhallt, wenn meine Gefühle von deinen umarmt & nicht mehr losgelassen & die Handbreit Stille zwischen unseren Gesichtern. Die Spuren der Zeit unsichtbar macht. Liebe ist, wenn unsere Hände für immer unzertrennlich, den Glanz der Sterne aufbewahren in jeder tiefschwarzen Nacht, solange in diesem Leben unsere Herzen schlagen.

Depression

Es ist sicher ein Schatten, wie Dunkelheit in einem drin, es begleitet recht viele! Bist immer zur Stelle & lässt dich nie vergessen! Wenn man grade denkt, dass es besser wird, bist du da & zeigst, dass es nicht besser wird!

Wenn man auch nur für eine Sekunde glücklich ist, kommst du & zeigst, dass es in dieser Welt kein Glück gibt! Es begleitet ein ganzes Leben, kommt schleichend, niemand hat's bemerkt, doch als es zu spät ist, macht es sich bemerkbar! Klar denkt man schon irgendwie anders & man hätte sich das auch früher denken können, aber die Diagnose stand nun fest! Was nun soll es nur weitergehen?

Gedanken können fliegen

Entfaltung heißt, jedes einzelne Blatt & jeden Aspekt des Lebens zu würdigen, unter die Lupe zu nehmen, Feingefühl zu beweisen & zu reifen, wie eine kostbare Frucht, die Liebe heißt & sich genauso anfühlt. Die Gedanken auch mal fliegen lassen & einfach nur fühlen, denn man ist ja schließlich keine Maschine im Wind.

Schon im Leben

Hat man dir nicht verziehen? Zu lügen begann ich für Namenlos, als ich merkte, es ging ihr schlecht & wir wussten nicht, ob du die Wahrheit sagst, du allein weißt, was ich meine. In deinen Augen ist nun alles gelogen, was ich zu dir gesagt habe. Ohne zu prüfen habe ich verloren, nur Worte können viel aber nicht beweisen. Ich habe dich verloren, es gibt keine Wiedergutmachung, es tut mir Leid. Sicher wollten wir uns sein. Die Angst verlieren, das Misstrauen verliert & hat es dadurch zerstört. Ich frage mich, wer hier mehr lügt? Lass` dich nicht belügen, mir hast du gesagt; du findest mich interessant, zur anderen sagtest du, du liebst sie noch. Kann man Gefühle so an & abschalten, einfach so? Es tut weh, nun willst du deine Ruhe & nachdenken. Dann tu` das & denke gut nach, denke auch daran, dass Menschen nicht fehlerfrei sind.

Will nicht länger warten

Du sagst, du kannst nicht länger warten, warten, bis der Zweifel erlischt. Du sagst, du willst mich haben, aber ich bin dir schon lange entwischt. Vielleicht gehörte ich mal dir, vielleicht war es mal mehr. Aber ich weiß, so ist es richtig, ich weiß, so ist es fair. Wie kann ich dir beweisen, dass es zu wenig ist? Wie kann ich dir beweisen, dass nicht nur du dich zerfrisst? Vielleicht sollte ich es lassen; lassen, dich zu ignorieren, aber ich möchte lieber vergessen, vergessen & dich ignorieren.

Der Kuss der Liebe

Besiegelt Liebe & Zusammenhalt manchmal für das ganze Leben, manchmal nur bis zum nächsten Augenaufschlag. Die Liebe ist Glück, Feuer & Freudentanz der Seele. Die Liebe ist Schmerz, Wut & Enttäuschung im Herzen, Wunden & Narben im Inneren. Sie kommt & geht, wie es ihr passt, wir sind ausgeliefert ihrer Macht. Doch das Leben wäre kein wahrhaftiges Leben ohne den Kuss der Liebe, ohne die schönsten Gefühle, ohne den Zauber der Liebe.

Zu viel ?

Viele Freunde & doch ganz allein, immer viel Spaß, doch das ist alles nur Schein. Wie es wirklich in mir aussieht, vermag ich nicht zu sagen & auch den Schritt heraus kann ich nicht wagen. Ohne Schutz & zu leicht verletzlich, allein die Vorstellung schmerzt entsetzlich. Aber manchmal wird es in meiner Seele hell & auch das Misstrauen schwindet schnell, doch zu oft enttäuscht & zu große Narben, das sind die Dinge, die an meiner Seele darben. Ich war & bin allein, weil nichts mir mehr Angst macht, als ohne Schutz & Wärme zu sein. Ich kann nicht mehr zurück, doch ich kann auch nicht voran. Im Grunde stehe ich vor einem offenen Tor. Ein Tor in eine Welt, voller Möglichkeiten & Träume, dadurch erschließen sich für mich vollkommen neue Räume. Doch ich kann nicht hinein & manchmal will ich es auch nicht. Ich spüre, wie langsam dieses wunderbares Licht erlischt. Zu viele Worte, zu oft genannt, so habe ich mich selbst aus der Welt verbannt. Zu vieles unsicher um zu verstehen, wie würde es mir mit dir ergehen? Kein Problem zu groß, kein Weg zu weit? Wäre sie so, die Zweisamkeit?

Vergangen

Ist vorbei nun alles Leiden, stilles Schreien, leise Lust, Tränen waren des Abschieds Worte um dessen Tag ich nie gewusst. In Leid & Weh geendet nun, was voll von Liebe einst begann, auch wenn sich zwei Menschen lieben, nichts auf ewig halten kann. Stundenlang allein gewesen, Tag & Nacht war Leere meins, meine Seele & Wille waren gefroren/gebrochen & mein Herz war wie Stein. Vergangen nun, was einst so schön als unsere Liebe bei Nacht begann. Was so ewig sollte halten, wie im Fluge doch zerrann.

Was ist Leben?

Was nicht? Hat die Seele ein Gewicht? Gibt es Sinn in unserem Handeln & wenn ja, kann man sich wandeln? Ist denn das Leben vorbestimmt oder nur wie ein Blatt im Wind? Warum werden Menschen krank, warum gibt es Corona, Krebs, Aids, Viren, warum muss man daran oft sterben? Ist das Leben ein Geschenk oder Müll, wie wohl mancher Einer denkt? Warum siegt niemals der Schwache, fürchtet er die starke Rache?

Hat das Leben einen Grund, wieso ist die Erde rund? Wieso stelle ich diese Fragen, darf man das überhaupt alles fragen?

Was soll ich tun, bitte sag` es mir!

Du sagst, du liebst mich, doch wo bist du? Du sagst, du liebst mich, doch du willst mich nicht sehen. Ich wollte immer für dich da sein, doch du hast mich nicht gelassen. Stattdessen hast du mich verletzt, mir gesagt, du bräuchtest Zeit für dich. Doch Zeit für dich war nur Zeit ohne mich Zeit für Dinge, bei denen man mich nicht braucht, weißt du, wie weh das tut, wenn man liebt? Tut man jemanden das an, wenn man Liebe spürt? Du wirfst mir vor, dass ich kein Vertrauen zu dir habe, doch was hast du getan, um mein Vertrauen zu stärken? Was hast du getan, um mein Vertrauen zu missbrauchen? Gehst du mit den Menschen, die du liebst, wirklich so verletzend um?

Meine Gedanken

Irren durch die Nacht, ohne Ziel & Sinn, Sehnsucht treibt ein böses Spiel mit mir. Wer ist es, der meine Träume beherrscht? Sehnsucht nach Liebe, lässt meine Tränen fließen & nichts kann sie trocknen. Mein Herz schreit vor Schmerz, immer tiefer versinke ich in meiner Einsamkeit.

Gehen

Voran laufen; darauf zu, immer das Ziel fest vor Augen, vom Weg kurz ab, aber stets darauf zurück. Geradeaus, gerichtet, stetig, immerzu mit Zweck & Ziel. Es schaffen, deshalb voran gehen. Es erreichen, deshalb darauf zu laufen oder doch nur ein fliehender.

Das Leben ist wie eine Kamera

Fokussiere dich auf das Wichtigste, fange die schönen Momente ein, denn Negative sind zum entwickeln da & wenn ein Bild nichts geworden ist, mach` einfach ein Neues!

Eine Kleinigkeit

Meist entsteht ein großer Streit nur wegen einer Kleinigkeit, die dann oft Gewicht erhält, als wär es das Größte auf der Welt. Man redet sich in eine Wut, was da herauskommt ist nicht gut, weil die Worte ungelenk, entsprechen kaum dem, was man denkt. Kann verbal man nichts mehr zeigen, dann beginnt das große Schweigen. Fortgeführt wird still der Streit, nur wegen einer Kleinigkeit, jeder quält sich nun herum, statt den ersten Schritt zu tun. Wieso denn ich? Der andere besser! So wird die Mauer immer höher. Irgendwann, da geht`s nicht mehr, es muss doch endlich Frieden her! Vergessen wir doch diesen Streit, nur wegen einer Kleinigkeit. Der Friede kehrt dann wieder ein, was gewesen, soll gewesen sein. Auch wenn, dank Frieden, Freude empfunden, auf der Seele bleiben Wunden.

Gedankensystem

Ein Netz voller Gedanken, miteinander verknüpft & gekoppelt, bildet ein System. An das eine gedacht, an das andere gedacht, wenn man trauert. Liebe ist wenn man lacht, Gedanken an die Freude, wenn man weint. Gedanken an die Trauer, wenn man liebt, Gedanken woran, woran, ja woran, woran wird gedacht? Es wird nicht gedacht. Es wird gesucht, es wird versucht, Informationen abzurufen, Ähnlichkeiten zu schon Durchlebtem, was bereits erfahren ist, doch scheitert man daran, findet nichts. Denkt an nichts, keine Informationen, keine vorhanden. Jede Liebe anders, jedes Gefühl darin ist neu, muss neue erlebt, neu gelebt werden, neu gemacht, neu gedacht werden. So bildet sich das Gedankensystem, immer weiter mit jeder Liebe, immer weiter.

Inzwischen nehme ich nichts mehr persönlich

Ich habe gelernt, dass Menschen mich nicht deshalb beleidigen & nerven, weil sie ein Problem mit mir haben, sondern weil sie wohl vor allem ein Problem mit sich selbst haben.

Einst sah ich eine Frau

Sie war so wunderschön, ich hatte noch nie etwas so wunder-schönes gesehen, sie war einfach perfekt! Ich verliebte mich in die Frau, sie wurde die Frau meiner Träume, ich wusste sie hatte einen Freund, aber ich sah es ihr an; sie war unglück-lich, ihr Freund, er liebte sie nicht mehr. Ich gestand ihr meine Liebe, sie sagte: „Ich liebe dich nicht, ich liebe einen anderen". Ich fühlte, wie mein Herz immer & immer schneller zu schlagen begann, es schlug so schnell, dass es wehtat. Wie kann das sein? Mein Herz, das voller Sehnsucht nach Liebe zu ihr war, jetzt einfach so wehtat? Jetzt ist es traurig & leer. Ja, es war zerbrochen in tausend kleine Teile, wie sollte ich denn leben, ohne mein Herz? Als die Frau sah, was sie mei-nen Herzen angetan hatte, hob sie alle tausend Teile meines Herzen auf. Sie setzte sie alle wieder zusammen & kam zu mir ohne ein Wort zu sagen & gab mir ihr Herz. Ich sagte ihr: „Ohne dein Herz, kannst du nicht leben!" Sie antwortete: „Im Gegenzug dafür behalte ich deines. „Ich nahm ihr Herz & gab ihr meines. Ich sagte ihr wieder, „Ich liebe dich" & ihre Ant-wort war:

„Ich liebe dich!" Jeder gab dem anderen sein Herz, um dem Anderen zu zeigen, wie sehr er ihn lieben würde. Jetzt hatte jeder das Herz des anderen & beide waren glücklich.

Falsche Freunde

Das sind Leute, die sehen in dir eine fette Beute. Für sie bist du ein Depp, der zahlt, für den man sich Lügen ausmalt, falsche Freunde gibt's zu viele, Geld & Macht sind ihre Ziele. Bist du mal einsam & allein, wird keiner jemals bei dir sein. Falsche Freunde haben dich gern, wenn du sie brauchst, bleiben sie fern. Sie schleimen dich mit Worten ein, & du, du sagst noch nicht mal nein. Falsche Freunde sind gerissen, haben dich schon oft beschissen. Ja, jede Mark ziehen sie dir raus, hinterher lachen sie dich aus. Falsche Freunde, scheiß auf sie, ich schere mich einen Dreck um die! Denn alle denken nur an sich, von jetzt an denk` ich nur an mich!

Nicht wie jeder andere Tag

Heute ist es so weit, du machst dich bereit. Gewartet hast du lange, aber es hat sich gelohnt, denn die Zeit, sie hat dir Kraft gegeben. Die wirst du brauchen, denn heute wirst du dich rächen denn heute ist ein besonderer Tag, nicht wie jeder andere Tag. Du machst dich bereit, ziehst los, um dich zu rächen, verrecken sollen sie, leiden sollen sie, doch vergessen wirst du nie, was sie dir angetan haben. Das kann auch deine Tat nicht ändern. Zu tief sitzt der Schmerz, denn heute ist ein besonderer Tag, nicht wie jeder andere Tag.

Die Sprache der Augen

Deine Augen wollen mir so vieles erzählen, sie wollen mir zeigen, was sie denken, was sie für mich fühlen & wovor sie Angst haben. Sie schauen mich voll Sehnsucht an, voll Sehnsucht nach einer Antwort von mir. Aber ich habe die Sprache deiner Augen nicht gelernt. Man sollte eigentlich im Leben niemals die gleiche Dummheit zweimal machen, denn die Auswahl ist so groß.

Ich fühle mich einsam

Sitze da & frage mich, was nur geschah. Die Schatten der Dunkelheit, meine ständigen Begleiter. Habe nichts im Griff, fühle mich nutzlos & alleine. In mir ständig dieser Schmerz, der mich spüren lässt, nichts wert zu sein. Tausend Mal geweint, doch nichts weiter gebracht, nie etwas beendet, immer nur gescheitert. Ich habe den Glauben & die Hoffnung aufgegeben, fühle mich leer, bin hinab gestürzt in ein Loch ohne Boden. Wo ist mein Engel, der mir hilft, der mir zeigt, dass das Leben lebenswert ist. Wo ist die Liebe, die mir den Halt geben soll, um nicht wieder zu fallen?

Ich denke an dich

In vielen Momenten des Tages, einfach, weil du dich in meine Gedanken schleichst, einfach, um meinem Tag mehr Sonnenschein zu geben. Manch ruhiger Augenblick trägt meine Gedanken zu dir & lässt mich wünschen, bei dir zu sein. Ich genieße diese Augenblicke, denn wenn ich meine Gedanken schweifen lasse, führen sie mich immer zu dir.

Tränen!

Eine Träne läuft dir übers Gesicht, du wischst sie verstohlen weg, keiner soll sehen, dass du weinst. Die Träne sucht sich ihren Weg durch die Augen übers Gesicht, sie läuft & läuft. Wenn es ginge, würde daraus schon längst eine Pfütze entstanden sein. Warum bist du so traurig, bist doch gar nicht allein. Du hast so viel Traurigkeit in dir, die nun nach draußen möchte. Durch Tränen sucht die Traurigkeit ihren Weg nach draußen, lass` die Traurigkeit fließen. Sie muss irgendwann raus, lass` die Tränen ihren Weg finden, wische sie nicht mehr ab. Jeder kann sehen, wie es dir geht. Die Tränen müssen laufen, damit all` deine Traurigkeit, deine tiefste Verletzung nach draußen gelangen & du irgendwann wieder freier werden kannst. Wische sie nicht ab, deine Tränen, deine Traurigkeit, deine Verletzung, lass` sie laufen.

Gedanken

Geschrieben werden viele Worte, an schönen Orten, die so unvergänglich sind. Jedoch sind sie wie Luft, die lebendig machen & uns mit Leben erfüllen, von denen wir könnten so viel geben.

Warum kann es nicht einfach wie am Anfang sein?

Man schwebt wie auf Wolken & alles andere verliert an Bedeutung? Warum mache ich mir Gedanken darüber, ob es mir ohne dich besser geht, obwohl ich dich noch immer liebe? Warum schaffen wir es nie, die Harmonie, die uns verbindet länger als ein paar Wochen am Leben zu erhalten, bevor sie wieder zerbricht? Wann kommt endlich der Zeitpunkt, wo ich wieder voller Überzeugung sagen kann, dass es genau das ist, was ich will? Verstehe mich nicht falsch, ich habe immer noch sehr viele Gefühle für dich, aber irgendwie reicht es nicht aus, um wirklich glücklich zu sein. Ich sehe dich so selten. Auch wenn ich weiß, dass nicht du, sondern die momentanen Umstände dafür verantwortlich sind, leide ich darunter. Warum fällt es dir so leicht, mich nicht so zu vermissen.

Meine Liebste

Du hast gesagt, ich könne dich jederzeit anrufen, wenn blöde Gedanken mich plagen. Gerade habe ich keine blöden Gedanken, sondern schöne Gedanken. Viele Gedanken & weiß nicht, wohin damit, deshalb schreibe ich sie dir, ich denke gerade so voller Liebe an dich. So sehr, wie ich oft voller Traurigkeit & Sehnsucht an dich gedacht habe; jetzt ist das anders, seit der Nacht ist alles anders. Andere Reihenfolge: Liebe, Sehnsucht, kein Schmerz, keine Traurigkeit, Glück, wenn ich dich ansehe & du mich, dann ist es unbeschreiblich, spüre dich, obwohl ich dich nicht berühre. Ein Zauber, als der Schmerz so groß war & die unendliche Traurigkeit, wünschte ich mir nichts sehnlicher, als das es aufhört, dass ich es abschalten kann, dass es nie, nie wiederkommt. Der Schmerz, die Traurigkeit, die Gedanken & Gefühle für dich. Jetzt habe ich Angst, dass es aufhört.

Bei dir oder bei mir

Du hast gesagt, dass die Worte nicht ausreichen, um es zu beschreiben, aber manchmal bedarf es nicht vieler Worte. Ich will nicht, dass du Angst hast vor deinen Gefühlen, vor meinen Gefühlen, ich will auch keine Angst haben. Ich will an dich denken, glücklich sein dabei, mich auf dich freue, dich vermisse, von dir träumen. Wenn du dann da bist, egal wann, wie & wo, dann möchte ich dich berühren, dich küssen, fühlen, spüren, riechen, schmecken, mich in dir verlieren. Das Ganze immer & immer wieder, dann noch mal von vorn, du hast Recht, es gibt nicht genug Worte. Ach, lass es uns leben, genießen, ohne Ängste & Zweifel, ohne Zwänge & Verpflichtungen, das „Jetzt " genießten & nicht an morgen denken.

Das Ende

Die Schmerzen, die meinen Kopf plagen, sind es, die mich nicht klar denken lassen. Die Schmerzen, die mir die Zukunft versagen & die Dunkelheit bekommt mich zu fassen. Die Schmerzen, die mein Leben jede Sekunde auslöschen können, die mich heute & morgen nur denken lassen nur wann? Die Schmerzen lassen mich jeden Moment erkennen, jede Minute mich an dieser Welt erfreut. Vor dem Ende kann ich nicht wegrennen & somit werde ich die Zukunft nicht scheuen. Das Genießen des Lebens ist eine der schwersten Aufgaben. Doch daran wachse ich, ich nehme mein Schicksal an.

Erinnerung

Bin ich in deinen Armen, so vergesse ich die Zeit, bist du in meiner Nähe, macht sich das Glück in mir breit. Doch ich kann nicht vergessen, was früher mir geschah, will nicht vergessen, wie die Zeit vorher war. Das Wissen um Vergangenes lässt den Frieden erst zu. Die Erfahrung der Jahre macht es erst schön, dieses „Du". Ich werde nichts vergessen, sondern mein Leben verbessern, ich muss nicht vergessen, denn unser Leben lebt auch von Erinnerungen.

Gefühlschaos

Meine Gefühle sind nicht zu definieren, denn ich habe Angst meinen Verstand zu verlieren. Ich bin in Gedanken bei dir, ich bin allein, mir ist kalt, so ganz ohne dich! Du bist bei ihm, in seiner Wohnung, ich weine, ich bin so verzweifelt, so verdammt alleine. Du bist bei mir im Spiel & Gedanken, ich bin so zufrieden, halte für immer Wache, über dich & bin unendlich glücklich. Für ihn machst du Dummheiten, ich bin sauer, denn er bricht dir dein Herz & ich, ich trauere! Ich mache Dummheiten für dich, du, du liebst mich nicht, ich, ich erleide Qualen. Ich weiß nicht, was soll ich machen? Ich kann nicht mehr, kann nicht mehr lachen! Ich will dir ein guter Freund sein & ich will mehr. Ich will dich glücklich sehen, nur es fällt mir.

Du hast mich verlassen von heute auf morgen

Ich konnte es nicht fassen, wollte es nicht verstehen, mich einfach nicht damit abfinden. Ich habe dich doch sehr geliebt, ich war blind vor Liebe. Sonst hätte ich sehen müssen, dass wir beide in anderen Welten leben, hätte wissen müssen, dass du noch nicht für eine Beziehung geschaffen bist. Es hat wehgetan & tut es noch! Ich versuchte dich zu hassen, konnte es aber nicht, weil ich dich noch liebte. Weißt du was? Ich liebe dich immer noch! Aber frage mich nicht warum, ich weiß es nicht, kann dir leider keine Antwort darauf geben. Vielleicht, weil du mich fasziniert hast. Denn deine Person war schon in ihrer Art etwas Einmaliges & etwas ganz besonderes. Würde es jemals zwischen uns klappen? Ich glaube kaum, wir sind so verschieden, aber auf der anderen Seite sind wir doch so gleich, so ähnlich. Doch weißt du, was Liebe ist? Hast du mich geliebt? Hast du überhaupt jemals geliebt? Was war das zwischen uns, ein Spiel, oder war es tatsächlich Liebe? Diese Fragen könntest nur du beantworten! Doch du wirst sie mir nicht beantworten, denn du denkst nicht gerne über vergangene Dinge nach.

Wie?

Viele Stunden schon gezählt, wie viele Tage schon gequält? Wie viele Nächte schon gewacht, wie oft schon traurig aufgewacht? Wie oft an dich schon mal gedacht, wie oft schon ein Gedicht geschrieben? Wie oft gewünscht, du wärst bei mir, wie oft gewünscht, ich wäre bei dir? Wie lange schon einsam & allein, wie lange denke ich an dich zurück? Wie lange bis zur nächsten Nacht, wie lange schon nicht zusammen mehr aufgewacht? Wieso habe ich mich gerade in dich verliebt? Wieso ist dieses Gefühl so stark?

Verstehen

Keiner kann dir sagen, was in mir vorgeht, keiner kann das verstehen, wie soll das denn jemand verstehen, wenn ich es selbst nicht kann? Wie soll dir denn jemand erklären, was mit mir ist, wenn ich es selbst nicht kann? Wenn ich selbst nicht weiß, was mit mir ist, kann nicht sagen, kann nicht verstehen, was mit mir ist. Weiß nicht, was in mir vorgeht, weiß nicht was mit mir los ist, wer soll den verstehen, was ich fühle, wenn ich selbst nicht weiß, was ich fühle. Wer soll mich verstehen, wenn ich mich selbst nicht verstehe!

Wer soll wissen, wie es mit mir weiter geht, wenn ich selbst nicht weiß, wie es mit mir weiter geht.

Einst gab es Menschen, die ich mochte

Heute gibt es nur noch Menschen, die ich hasse, außer dich. Menschen, die das Leben schrecklich machten, leben konnte ich so nicht mehr. Habe meine Seele tief begraben, mein Herz auf Eis gelegt, bin nicht in der Lage, Gefühle wahr zu nehmen. Das Messer hat schon oft die Haut zerschnitten, nur die Narben zeigen euch die Taten. Doch kümmert es keinen, außer dir, ihnen ist es egal, ob es für mich ein Morgen gibt. Ein Morgen, der mein Herz wieder zum Schlagen brachte, doch zu weit entfernt sie war, konnte ja nicht immer bei mir sein. Dennoch konnte meine Seele nicht entschwinden, jedes Mal wenn das Messer die Haut durchfährt, denke ich an sie. Nur dieser Gedanke lässt mich leben, deswegen danke ich dir.

Stille Gefühle

Wenn du mich ansehen könntest, was würdest du sehen, wenn du mich berühren könntest, was würdest du fühlen? Wenn du mit mir sprechen könntest, könntest du mich verstehen? Wenn du mir zuhörst, kannst du die Bedeutung spüren? Siehst du die Fassade, die ich aufgesetzt habe? Erkennst du die Tränen, die ich nicht weine? Hörst du die Worte, die ich niemals sage? Erkennst du die Gefühle, die ich wirklich meine? Ich weiß, dass ich nur eine Maske trage, die mir um mich herum eine Mauer baut. Die ich einfach nicht abzulegen wage, damit keiner in mein wahres Gesicht schaut. Ich will die vielen Fragen niemals hören, will einfach alleine sein mit meiner Trauer. Will kein Mitleid heraufbeschwören, will weiterhin leben hinter dieser Mauer, weil es mich einfach zu sehr verletzt. Weil ich es einfach nicht ertrage, weil es mir einen schmerzhaften Stich versetzt. Weil ich alles mit mir selber austrage, mein Herz bricht beinahe entzwei, der Schmerz geht ganz tief, meine Seele wird nie mehr frei, ich hörte, wie sie um Hilfe rief.

Niemand kann meine Narben verstehen, niemand kann meinen Hilferuf hören, niemand kann hinter meine Maske sehen, niemandem werden je meine Gefühle gehören. Ich höre wie mein Herz still weint & kehre mich völlig in mich hinein. Ich höre wie meine Seele immer lauter schreit, auffälliger kann mein Schmerz kaum sein & dennoch weiß ich, ich bin nicht allein denn, du bist da & gibst mir Kraft. Obwohl du selbst keine mehr hast, so schwer!

Was ist bloß los

Gestern war noch Sonnenschein, doch heute wird dir klar, das helle Licht verdunkelt sich, nichts ist mehr wie es war. Die Welt, sie stellt sich gegen dich, du kannst es nicht verstehen. Wie konnten alle guten Dinge mit einem Schlag vergehen? Alles was dir wichtig war ist nun Vergangenheit. Du dachtest, dass Veränderung von Sorgen dich befreit, doch steckst du nun im tiefsten Tief & kommst nicht mehr heraus. Alles, was nur schief gehen kann, lässt die Welt nun an dir aus. Von Tag zu Tag verdunkelt sich dein Leben immer mehr. Was ist zu tun, was ist der Weg, wo kommt jetzt Hoffnung her?

Hoffnung gibt es nicht mehr. Alles, was dich aufgebaut & dich ermutigt hat, verschwindet nun zur selben Zeit. Spielt dich knallhart schachmatt, jede Tat, die du vollbringst, macht alles nur noch schlimmer. So grübelst & verzweifelst du allein in deinem Zimmer. Ich will nur für dich da sein, wie du es heute Nacht für mich warst. Ich kann den Tod nicht aufhalten & dir aber in den schlimmsten Momenten beistehen.

Augenblicke 1

Haltlos falle ich in den Ozean, versinke in der unergründlichen Tiefe deiner Einzigartigkeit. Für einen kleinen Moment überwinde ich die Illusion & träume diese Gedanken. Mein Herz in Flammen entbrannt durch deine Liebe, die den Grund meiner Seele berührt & den Schleier der Wahrheit lüftet, für einen leider nur sehr kurzen Augenblick.

Augenblicke II

Schenk` mir einen Augenblick Aufmerksamkeit, weil ich nicht weiß, ob ich dich je wieder sehen werde. Gib mir einen Augenblick deines Seins. Bevor Sehnsucht nach dir noch nicht so verzweifelt weh tut, um zu spüren, zu fühlen, zu wissen, dass ich nicht in diesem Moment alleine bin. Lass` auch für einen Augenblick zu, dass sich meine Träume & Wünsche mit dir erfüllen. So bitte ich dich, nimm mir nicht diesen Augenblick, weil dies das Einzige ist, was von dir zurück bleiben wird. Ein Augenblick für eine Ewigkeit.

Dunkelheit

Mich umgibt kein Licht, das Licht ist von mir gegangen, die Dunkelheit kam über mich. Ich freundete mich mit ihr an. Doch die Dunkelheit entzieht mir nach & nach die Kraft zu leben. Ich sehe kein Licht, das mir neue Kraft zum Leben gibt. Doch dann kamst du! Ungewollt brachtest du ein Licht in mein Leben & an diesem Licht habe ich mich erfreut. Auch wenn es dir nicht gefällt, hast du mir wieder einen Sinn zu leben gegeben!

Bitte frage mich nicht

Mein Kopf fühlt sich an wie ein riesiger Ballon, es passt nichts mehr rein & ich spiele oft einen Clown. Wie kann man das Leben sich so verkomplizieren, indem man versucht, gute Laune zu imitieren? Es fällt zwar auf, dass man leicht abwesend ist, es kommen viele Fragen & manche mit List. Was ist mit dir, wo warst du gestern Nacht? Ich brauchte mal Ruhe, hab` eine Pause gemacht. Was kann so schlimm sein, dass du nicht reden magst? Wie soll ich dich verstehen, wenn du es nicht sagst? Meine Liebe, schreibe es dir auf in Form eines Diktats, es ist mein Kopf Kino & zwar mein Privates. Es gibt keinen Grund, sich zu sorgen um mich, sieh` doch wie ich strahl` & das nicht nur innerlich. Du kannst von fast allem essen & trinken, aber versuch` nie wieder, mich mit Fragen zu linken. Dir alles sagen zu können, ist doch ein wertvolles Gut, trotz meines Schweigens bin ich froh, dass es dich gibt.

Angst

Ich habe Angst. Angst davor, dich verlieren zu können, dich schneller verlieren zu können, als ich dich gefunden habe. Angst davor, nichts dagegen tun zu können, plötzlich bist du nicht mehr da. Einfach weg, ich wollte kämpfen, hatte aber nicht die Chance! Du wirst sagen: „Du hast mich nicht verloren, ich bin doch hier, hier bei dir!" Wie kann ich dir von meinen Ängsten erzählen? Sie spielen sich in meinem Kopf ab, sie sind immer da, wenn du mich in deinen Armen hältst. Was du noch nie getan hast. Wenn du mir in die Augen siehst, habe ich habe Angst. Angst davor, nicht mehr alles für dich zu bedeuten. Was ich noch nie getan habe, denn du bedeutest mir mehr, als ich dir jemals sagen könnte. Ich würde alles für dich tun, würde für dich sterben. Sage mir bitte, wie ich dir meine Ängste erzählen kann. Ich möchte dich für immer festhalten aber gleichzeitig weiß ich, dass ich das nicht kann. Ich will dass du glücklich bist, immer & überall. Was sollen meine Ängste, wenn ich doch weiß, dass ich dich gehen lassen würde damit du glücklich bist!

Ich weiß mir nicht zu helfen wenn ich dir sagen würde, wie viel du mir bedeutest, du würdest es nicht verstehen. Deshalb werde ich warten, bis du mich verstehen wirst. Aber ich weiß mir nicht zu helfen, kann mich nicht daran hindern, ich werde verrückt, bitte komme her. Ich habe mich nicht mehr unter Kontrolle, ich liebe dich, will mit dir sprechen, möchte doch nur mit dir zusammen sein. Ich werde es mit Sicherheit nicht mehr lange schaffen, ohne dich zu leben, so unglaublich viele Probleme, ich kann mich einfach nicht wegdrehen, wenn ich dich sehe. Muss den Tatsachen ins Auge sehen, aber ohne dich, kann dich einfach nicht vergessen, kann nicht mehr schlafen, kann nicht mehr essen, kann dich einfach nicht vergessen, kann nicht mehr denken. Träume nur noch von dir, jede Sekunde wird nur an dich gedacht, kann nicht mehr lachen, habe kaum noch Kraft. Weiß einfach nicht, wie ich das alles schaffe?! Kann nur noch weinen, kann nur noch bereuen, wie alles gekommen ist. Kann nur noch den Schmerz spüren, der sich mein Herz frisst, kann nicht mehr schlafen, kann nicht mehr essen. Ich kann dich einfach nicht vergessen!

Du gibst mir keine Chance

Ich würde dich gerne halten, wenn der Sturm wieder droht, dich umzuwehen, doch du gibst mir keine Chance. Hast ja auch schon genug andere Leute dafür! Ich würde dich gerne trösten & dir zuhören, wenn du jemanden zum Reden brauchst. Doch du gibst mir keine Chance, hast ja auch schon genug andere Leute, die da sind! Ich würde dich gerne öfter lesen, damit auch ich dir meine Zuneigung zeigen kann, doch du gibst mir keine Chance. Hast ja schon genug andere Leute, die das tun! Ich würde dir gerne zeigen, wie viel du mir wirklich bedeutest. Doch du gibst mir keine Chance, weil du mich nicht so wie ich dich zum Leben brauchst.

Vielleicht sollten wir manchmal

Einfach das tun, was uns glücklich macht & nicht das, was am besten ist! Vielleicht sollten wir manchmal einfach das tun, wonach uns ist & nicht das, was andere von uns erwarten! Vielleicht sollten wir manchmal einfach das tun, was unser Gefühl uns sagt & nicht das, was für die Gefühle der anderen das Beste ist!

Soll ich?

Um dich kämpfen? Wie oft? Immer wieder? Ich kämpfe mit mir, ob ich kämpfen soll. Nein, es siegt der Gedanke, dass du entscheiden musst für mich oder gegen mich. Oder für sie, wenn du dich für mich entscheidest & bei mir bleibst, dann deshalb, weil du mich liebst & nicht, weil ich gut kämpfe. Ich kämpfe mich mit dir durchs Leben, wenn du das magst, aber du musst schon selbst entscheiden, ob du an meiner Seite kämpfen willst oder bei ihr. Oder soll ich nicht doch um dich kämpfen? So kämpfe ich mit mir & das nur wegen dir, denn Liebe kann man nicht so einfach abschalten.

Einsamkeit

Die Stille wollte ich in mir, ging in den Abend hinein, jedoch fand ich sie nicht. Mein Herz & auch meine Seele rufen nach dir, schaue in den Himmel, schaue mir die Sterne an, sehe immer wieder dein Gesicht vor mir.

Angst vor der Zukunft

Viele Fragen an die Zukunft, völlig wirkungslos ist die Saat von vielen Ängsten. Ängste, oftmals unbewusst, oftmals total unbegründet, doch zum Teil Realität. Das ist das Schicksal von uns Beiden, lass` es gemeinsam uns durchstehen. Angst vielleicht vor etwas Schönem, vor einer Zukunft voll Glück. Das steht noch alles in den Sternen, darum denke ans Gute nur zurück; durch unsere Liebe fest verbunden „Du"& „Ich", als Liebespaar, vielleicht "falsch" empfunden, doch ich bin immer für dich da, will dir ewige Liebe geben! Was noch kommt, das ist mir egal, denn nur mit dir, da will ich leben, ohne dich, das wäre Qual.

Das Ende einer Liebe

Ist die Voraussetzung für den Beginn einer neuen, ist der Grund von Traurigkeit & Enttäuschung, ist der Zusammenbruch einer guten Vergangenheit & das Zögern vor dem Aufbau einer besseren Gegenwart.

Zu dir

Will ich ganz nah bei dir sein & den Träumen erliegen, mag deine Hand in meiner Spüren, mit dir durch Nebel fliegen. Jedes deiner Worte fangen, deiner melodischen Stimme lauschen. Bei dir sein & mit dir tanzend durch die Dunkelheit rauschen. Ich möchte deinen Atem spüren, wenn die Lichter sich leise erheben. Deine Lippen auf den meinen & spüren der Erde kleiner Beben, zu dir will ich, du kleiner Stern, der tief in meinem Herzen strahlt. Nur zu dir allein, die du des Nachts durch den Himmel flitzt. Möchte in deinem Glanz sitzen & niemals wieder von dir lassen, dich sanft streicheln & keine winzigste Sekunde mit dir verprassen. Denn Zeit ist das Wertvollste, was wir Zwei uns einander schenken. Darum werde ich jeden Augenblick bewahren & nur an dich denken.

Ich weiß

nicht, wer du bist oder wo du bist, doch eines ist gewiss: "Irgendwann finde ich dich oder du mich". Dann wird die Einsamkeit ein Ende haben, keiner von uns muss noch klagen. Wir werden zusammen weinen, lachen & auch manchen Blödsinn machen. Die Hoffnung nach Liebe, die habe ich noch nicht aufgegeben, auch wenn es oft schwer ist in diesem Leben. Irgendwann werden wir uns finden, zusammen gute & schlechte Zeiten überwinden. Liebe finden ist sehr schwer, Sehnsucht, Einsamkeit noch viel mehr. Ich würde gerne lieben von ganzem Herzen, vergessen alle Schmerzen. Dich finden würde ich so gerne, ich würde dir den schönsten Stern schenken. Werde warten auf dich, ist es auch schwer für mich. Möchte dich ehren, dich schätzen, lieben, alles Schlechte für dich besiegen!

Glücksmomente

Eine zarte Berührung, ein kleines Lächeln, eine schöne Blume, zarte Frühlingsgefühle, die Farben des Herbstes. Warme Kastanien im Winter in den Händen prägen sich ein & knipsen ein Foto für die Erinnerung. Nur die Glücksmomente gehen mit uns, sie sind die einzigen, die uns am Ende bleiben.

Viel zu spät

An dem Tag, als ich dich traf, ging die Sonne wieder auf, da waren sie wieder, die Farben, die nach langen, kalten & grauen Tagen verloren schienen. Lange hatte ich nach dir gesucht, so lange. Endlich hatte ich dich gefunden, doch leider zu spät. Ich habe es dir nie mit Worten gesagt, wie schön es ist. Wie schön es ist, bei dir zu sein, zu wissen, dass es dich gibt. In deinen Armen liegen, Wange an Wange mit dir, deinen Körper zärtlich berühren, deine Wärme & Zärtlichkeit spüren. Durch dein Haar streichen, deinen Duft genießen, die kleine Strähne aus deiner Stirn streichen, die immer wieder hinein fällt. In deine Augen schauen & sehen, wie sie strahlen, den Duft deiner Haut genießen, deine zarte, samtweiche Haut spüren, deine warmen, weichen Lippen spüren.

Deinen Atem & deinen Herzschlag spüren, dir immer wieder tief in deine Augen schauen, in deine wunderschönen Augen. Wie schön all dies ist, ich habe es dir mit Worten nie gesagt. Ich könnte all dies auch gar nicht in Worte fassen, aber ich habe in deine Augen geschaut & ich wusste, dass du mich auch so verstehst. Ohne Worte; denn auch du hast in meine Augen geschaut. Endlich hatte ich dich gefunden; den Menschen, nach dem man sein ganzes Leben sucht, von dem man weiß, dass es ihn irgendwo gibt. Doch leider zu spät, denn du bist nicht mehr bereit zu vertrauen. Sind es auch nur Stunden, die uns bleiben, so sind es doch die schönsten; keine Minute, keine Sekunde möchte ich von ihnen missen, keine einzige!

Liebe ist schmerzhaft

Menschen sagen Liebe sei schön. Sie ist schön, doch man muss weiter sehen, sie kann wehtun, wenn nur einer sagt: „Ich gehe!" Die Angst ist da & sie tut weh, die Angst, dass einer sagt, er gehe! Liebe ist schön & gibt oft Kraft, doch ist das Gefühl oft da, es tut so weh; es ist unbeschreiblich, schmerzhaft; das Gefühl, dass einer sagt: „Ich gehe!"

Manchmal sagt man: "Ich bin dein! Es tut so weh, mal nicht bei dir zu sein!" Man sagt: "In Zukunft gibt es nur uns zwei!" Doch dann ist`s kurz danach vorbei! Liebe ist schön & gibt Kraft; doch das Gefühl, es tut so weh; unbeschreiblich, schmerzhaft; wenn einer sagt: "Es tut mir leid, ich gehe!"

Nimm meine Worte

Fang sie auf, lass sie einsickern in jeden kleinsten Winkel deines Herzens, deiner Seele, deines schönen Körpers, in dich, denn diese Worte möchten strahlen, dich erwärmen. Worte aus Liebe für dich von mir. Denn allein die Vorstellung vom Fliegen in den Winden des eigenen Himmels bedeutet die verborgene Kraft, die in jedem wahren Herzen schlägt. Auch wenn die Schwermut einen manchmal mit ihren kalten Händen fesselt oder man auf den Boden schlimmer Tatsachen fällt. Ferner auch wenn man glaubt, man könnte nicht mehr aufstehen, weil der Sumpf einen packt, ist die Erde trotzdem dafür gemacht. An die Flügel zu erinnern, die einen wieder herausziehen. Es wird immer ein Wind entstehen, der auch in die guten Zeiten trägt.

Es lohnt sich immer, für sich selbst zu kämpfen, auch wenn es manchmal lange dauert, wird es sicherlich den Zeitpunkt geben, in dem man spürt, dass Flügel wieder wachsen, auch wenn die Kälte anderer dich umgibt & du beizeiten denkst, dass in jedem Herzen Winter herrscht. Vergesse dabei nicht deine eigene Welt, den eigenen Himmel, deine eigene Sonne, denn dies sind Dinge, die dir niemand nehmen kann. Auch wenn du traurig bist & manchmal geweint hast & graue Wolken vorüberziehen, dann sieh hin, wie deine Tränen, die Erde berühren & daraus Blumen entstehen. Akzeptiere ihren Trost, den sie dir schenken & ertrinke nicht im Meer deines Leids. Pflücke dir die schönste Blume auf deiner Erde & schenke ihr dein Lächeln eines Frühlings & nenne sie Leben, es ist dein eigenes Leben.

Der Rest meines Lebens?

Es war wirklich eine schöne Zeit, diese vertraute Zweisamkeit. Jede Sekunde, die verstrich, warst du bei mir, war ich ganz ich, abends lagst du in meinen Armen. Ich umschloss dich sanft & träumte, ich lauschte deinem Atem, spürte deine Wärme.

Wo ich jetzt bin, dort bin ich nicht so gerne, wäre lieber jetzt bei dir in deinen Armen. Als Trost bleibt mir von dir ein Foto nur. Nachdenklich schweift mein Blick im Raum. Heute Nacht warst du sogar mein Traum, es tut verdammt so weh, sehr weh. Wie gerne würde ich nur bei dir sein, es ist der Zwiespalt, zwischen ja & nein. Werde ich jemals etwas für dich sein, sah dich abends schlafen, träumen. Meine Decke wärmte dich, mein Kopf an deiner Schulter, träume auch ich nun neben dir. Neben mir so kalt, mein Herz es fühlt sich mehr als alt. Ich würde niemals sagen; ich kann nicht ohne dich, das würde ich nicht wagen, ich will nicht ohne dich leben.

Lächeln tut so gut

Versuche es dreimal täglich, dazu ein wenig frohen Mut, schon wird die Welt erträglich! Ein Lächeln ist nie für die Katz`, doch soll es etwas taugen, gib ihm den allerschönsten Platz & lächle mit den Augen! Ein Lächeln ist der schönste Lohn, der Freude Wegbereiter & hast du mal genug davon, dann schenke es einfach weiter!

Doch ärgert man dich fürchterlich, & hast du nichts zu lachen, so lächle einfach über dich, das lässt sich sicher machen! Es war nur ein sonniges Lächeln, es war nur ein freundliches Wort; doch scheuchte es lastende Wolken & schwere Gedanken fort. Es war nur ein warmes Grüßen, der tröstende Druck einer Hand. Doch schien es wie die leuchtende Brücke, die Himmel & Erde verband. Ein Lächeln kann Schmerzen lindern; ein Wort kann von Sorge befreien; ein Händedruck Böses verhindern & nehmen jede Seelenpein. Es kostet dich wenig, Wort zu geben, ein Lächeln & helfende Hand; doch arm & kalt ist dein Leben, wenn keiner dich zu trösten empfindend.

Verlassen

Kennst du das Gefühl verlassen zu sein? Unbeachtet, vergessen, verloren, allein? Hast du jemals erlebt, wie schmerzhaft es ist, wenn niemand dich braucht, dich niemand vermisst? Wenn das Dunkel der Nacht den Tag überfällt, wenn dir nichts wichtig ist auf dieser Welt. Weißt du, wie es ist, wenn es niemanden gibt, der dich von ganzem Herzen liebt.

Der ist für dich da, wenn du Sorgen hast, das Gefühl für andere zu sein, sei eine Last? Überflüssig, nicht wichtig auf dieser Welt, so dass Todessehnsucht dich überfällt. Dann wenn das Ende so vor dir liegt, deine Seele schon fast gen Himmel fliegt, dann kommt einer, nimmt zärtlich deine Hand, irgendjemand, bis dahin dir unbekannt. Zieht dich vorsichtig, so Stück für Stück in das dir trostlos scheinende Leben zurück. Zieht dich aus dem Dunkel ins helle Licht, trocknet die Tränen auf deinem Gesicht. Hält schweigend dich fest in seinem Arm, die Kälte weicht, dir wird wohlig warm. Sagt dir flüsternd zu mit großer Zuversicht: Ich brauche dich, bitte verlasse mich nicht!

Als Erstes

Muss ich dir eines sagen: Ich liebe dich! Ich würde ehrlich fast alles dafür tun, dass das mit uns funktioniert eben weil du so ein wichtiger Mensch für mich geworden bist. Ich fühle mich in deiner Nähe schlicht wohl & geborgen, dir kann ich meine Geheimnisse anvertrauen, mit dir reden oder einfach nur schweigen.

Dein Leben interessiert mich & ich möchte für dich da sein, wenn du mich brauchst. Der erste Gedanke an dich, direkt nach dem Aufstehen, sorgt dafür, dass ich lächele. Der letzte Gedanke am Abend begleitet mich in den Schlaf, die Liebe zur dir beflügelt mich, macht mich so mutig & kreativ. Ich bin einfach glücklich & dafür danke ich dir. Als Zweites muss ich dir noch etwas sagen: Ich liebe dich! Ich würde fast alles für uns tun, ich würde mich nie für dich verbiegen oder meine Seele geben, nur, um dich zu halten. Ich werde nicht hier sitzen & darauf warten, dass du dir darüber klar wirst, was du willst. Hatten wir das nicht schon mal? Ich kann mich gut daran erinnern, wie weh es getan hat. Ich habe nie eine Antwort bekommen, was denn überhaupt los war. Du hast Geheimnisse vor mir & du grenzt mich aus deinem Leben aus. Ich fühle mich in deiner Nähe so fremd & du wirkst so kalt auf mich. Der erste Gedanke an dich, direkt nach dem Aufwachen treibt mir die Tränen in die Augen & der Gedanke an dich, raubt mir den Schlaf. Die Liebe zu dir nimmt mir alle Energie & beherrscht mein Denken, lässt kein Platz für anderes.

Du weichst mir aus & redest nicht mehr mit mir, du gehst mir aus dem Weg. Ich denke, es ist für uns beide besser, wenn wir das hier beenden. Dann tut es nur noch einmal weh & in ein paar Wochen oder Monaten ist dann wieder alles wie vorher & somit ertragbar. Ich weiß nicht, ob ich etwas falsch gemacht habe.

Verlassen

Versuche meine Gedanken zu ordnen, sie sind bei dir & fragen: "Warum?" Doch alles bleibt stumm, es kommt keine Antwort, jedenfalls nicht von dir. Du hast einen anderen & bist glücklich mit ihm, hast das Geheimnis mit dir getragen. Ich dachte immer, ich kann dir vertrauen, aber mein weinendes Herz kann keiner sehen, denn ich habe es verschlossen. Es tut weh, wenn ich dich sehe, mit ihm ist es schwer, dich zu vergessen, ohne dich ist mein Leben so leer. Aber trotzdem muss ich jetzt eigene Wege gehen.

Flucht

Manchmal kann ich kaum atmen, frische Luft, kann nicht in mein „Ich" einströmen, um es zu beruhigen, sanft zu streicheln. Angst verschnürt mit ihren triefenden, spottenden Bändern meine Kehle, mein Blick richtet sich nach innen. Ich muss fliehen vor dir & mir & deiner verspielten, so einfachen Liebe, weil ich nicht mehr atmen kann.

Innerer Kampf

Ich bin einsam & allein, muss es so weit gekommen sein? Komm & gib mir deine Hand. Siehst du, wo du dich hingebracht hast? Nun stehst du am Klippenrand! Sei für mich da, so wie es früher einmal war, lässt du dir helfen von mir? Ich stehe, egal was auch kommen mag, immer zu dir! Ich helfe dir, hab` nur Mut & nach einem langem Kampf & Weg wird alles gut.

Konzentriere dich

Auf deine Stärken, nicht auf deine Schwächen, auf deinen Charakter, nicht auf deinen Ruf. Konzentriere dich auf deinen Segen, nicht auf dein Unglück.

Als du zu mir sprachst

Ich bin in deiner Welt einer von vielen, doch du in meiner nicht zu beschreiben. Auf meinem Weg zu dir schlug rasend mein Herz & ich war unsagbar glücklich. Schien meinen Himmel zu erblicken, beim letzten Blick in deine Augen zerbrach mein Herz. Mein Himmel schien mich zu erdrücken, zu wissen, dass wir uns nie wieder sehen sollen, mein Herz scheint es nicht zu begreifen. Nicht begreife zu wollen, viel zu spät erkannte ich meine Gefühle für dich.

Gefühl

Wie auf Wolken bewege ich mich fort, es hält mich weder da noch dort, dieses Gefühl der Unruhe in mir. Du hast mich wieder aufgewühlt, hast mir gezeigt, wie man was fühlt. Ich kannte das alles, fühlte wie auf Wolken, dass sie nie wieder kommen wird. Doch als sie mich zum ersten Mal berührte, wusste ich tief in meinem Herzen, dass es wahre Liebe ist. Als du mich zum ersten Mal küsstest, wusste ich, dass du mein Schicksal bist.

Gefühle

In mir einfach nicht da, Gefühle sind in mir einfach nur starr, Gefühle in mir nichts als Kälte. Ich vermisse sie, die Wärme fehlt, das ist es, was mich so sehr quält. Ich denke nach, das jeden Tag. Was wird er bringen? Was geschieht? Mein Herz wird mir so unglaublich schwer, darüber zu reden, das kann ich schon lange nicht mehr. Ich hasse es, wenn der Gedanke mich quält, aber vielleicht soll es so sein? Ich weiß es nicht & das ist es, was mir mein Herz zerbricht. Meine Augen werden wässrig, wenn ich das schreibe, es ist jede verdammte Nacht, ich bin allein, ich leide. Warum, das frage ich mich, warum, warum bin ich ohne dich? Ich kann es nicht verstehen, werde ich dich finden, jemals sehen? Gefühle in mir, einfach nicht da. Gefühle in mir einfach nur starr, Gefühle in mir nichts als Kälte.

Ich lebe

Ich darf leben, ich habe Zeit bekommen, um zu leben, um zu lieben, um zu tanzen, um glücklich zu sein.

Heimliche Liebe

Alles ist heimlich, alles ist still, niemand sieht es, weil keiner es will. Es ist schön & es wird immer so sein, einander so fern, doch niemals allein. Keiner schaut zu uns her, aber deine Blicke sagen jeden Tag mehr. Wir sehen uns bei Tag oder im Abendlicht, doch unsere Beziehung verraten wir nicht. Wir wissen, was wir tun ist gefährlich, trotzdem, dies Spiel mit dem Feuer ist einfach herrlich. Noch mehr als das dürfen wir nicht wagen, denn wir beide werden dafür die Verantwortung tragen. Leider gibt es für alles Gesetzmäßigkeiten, doch wir lassen uns voneinander immer wieder verleiten. Dagegen kann niemand etwas machen, weil wir ja doch nur darüber lachen. Wir mögen einander & niemand wird es auch nur vermuten. Käme es raus, würde man uns mit Fragen überfluten. Doch wir werden diesen Weg weitergehen, gerade deshalb, weil wir uns auch ohne viele Worte verstehen. Die Wochen & Monate werden verfliegen & bei jedem Blick werden wir uns neu verlieben!

Viel zu tief!

Warum war ich traurig, als ich dich heute anrief? Warum geht mir alles so wahnsinnig nah? Bin ich zu verletzbar, bin ich nur zu schwach, kann dich nicht vergessen & trauere dir nach! Tief, viel zu tief war meine Liebe zu dir! Tief, viel zu tief, bist du noch heute in mir! Dass Liebe so weh tut, kann ich nicht verstehen, warum sagt mein Herz nicht, komm lass` sie doch gehen. Verliere mich in Sehnsucht, wenn ich an uns denke, habe so viele Gefühle an dich verschenkt. Viel zu tief, viel zu tief war meine Liebe zu dir, viel zu tief, viel zu tief bist du noch heute in mir. Man liebt doch nur einmal so unendlich tief!

Leben

Auch wenn die Flügel manchmal schwerer werden, ist es doch trotzdem immer ein schönes Gefühl zu schweben; auch wenn man manchmal denkt, dass die Kraft fehlt. Eigentlich könnte jeder Mensch Flügel haben. Sie könnten auch in schlechten Zeiten fliegen.

Zweifel

Du sagst, du liebst mich, ich sage es auch. Du sagst, du kannst nicht mehr ohne mich leben, ich sage, ich kann es auch nicht. Du sagst, ich bin das Wichtigste für dich. Ich sage, dass du das Wichtigste für mich bist. Du sagst, du wirst mich immer lieben & mich nie verlassen; ich sage es auch & doch zweifle ich, wenn ich dir diese Dinge sage. Warum? Weil ich die Menschen kenne & ich weiß, dass ihre Gefühle unberechenbar sind. Bist du anders, kannst du deine Gefühle bestimmen? Ich sage dir all` die schönen Dinge, um dich glücklich zu machen. Um dir zu zeigen, dass ich darüber genauso denke wie du, nämlich dass dieser Traum nie zu Ende geht, was ich nicht tue & deswegen belüge ich dich & mich. Das einzig wahre Versprechen, das ich dir geben kann ist, dass ich dich liebe; aber all die anderen Versprechen machen dich so glücklich & ich will, dass du glücklich bist.

Die Hand, die Liebe weckt

Es gibt immer einen Menschen auf der Welt, der einen anderen sucht, sei es inmitten der Wüste, sei es inmitten der großen Städte. Wenn diese Menschen einander begegnen, begegnen sich ihre Blicke & die Vergangenheit & die ganze Zukunft verlieren jede Bedeutung. Es gibt nur diesen Augenblick & die unglaubliche Gewissheit, dass alle Dinge unter dem Himmel von derselben Hand geschrieben wurden. Es ist die Hand, die die Liebe weckt & eine Schwesterseele für jeden Menschen geschaffen hat. Denn sonst hätten die Träume der Menschen keinen Sinn.

In warme Dunkelheit

Still vor lauter Lärm in meinem Herzen sah ich dich an. Umgeben von warmer Dunkelheit ließen wir Worte unberührt & zogen die Vorhänge unserer Stille weiter zu aus Angst davor, was das Licht uns zeigen könnte.

Das Ende

Die Schmerzen, die meinen Kopf plagen, die mich nicht klar denken lassen. Die Schmerzen, die mir die Zukunft versagen & die Dunkelheit bekommt mich zu fassen. Diese Schmerzen, die mein Leben, jede Sekunde auslöschen können, die mich heute & morgen nur denken lassen. Nur wann? Diese Schmerzen lassen mich jeden Moment erkennen, jede Minute mich an dieser Welt erfreuen. Vor dem Ende kann ich nicht wegrennen, somit werde ich die Zukunft nicht scheuen. Das Genießen des Lebens ist eine der schwersten Aufgaben. Doch daran wachse ich, ich nehme mein Schicksal an.

Einsamkeit

Es ist so unheimlich still, laufe durch die kalte Nacht, diese Stille erdrückt mich. Ich sehe dunkle Schatten, sie engen mich ein, Angst & Kälte umgibt mich. Ich will schreien, doch kein Laut kommt über meine Lippen. Mein Schritt verhallt im Dunkeln, ich gehe an einem Haus vorbei, warmes Licht erhellt den Raum. Plötzlich beginne ich loszulaufen, ich lache & weiß, dass ich die Einsamkeit besiegt habe.

Ernüchterung

Unser Tun ist nicht richtig, wir wissen es genau, diese Liebe macht süchtig, doch der Himmel ist grau. Brücken wird es nicht geben, das sagt der Verstand, ein gemeinsames Leben wäre Meer ohne Land. Jeder Schritt wird zur Bürde, erkaltet die Glut, auch Vulkane der Erde holt manchmal die Flut. Auf ein Wunder zu warten, macht auch keinen Sinn, selbst ein Magier mit Karten übertreibt zu Beginn. Wir Zwei müssen uns fügen, all dem, was jetzt ist, dürfen keinen belügen, weil uns sonst der Teufel küsst.

Zu viel ?

Viele Freunde & doch ganz allein, immer viel Spaß, doch das ist alles nur Schein. Wie es wirklich in mir aussieht, vermag ich nicht zu sagen & auch den Schritt heraus, den kann ich nicht wagen. Ohne Schutz & zu leicht verletzlich, allein die Vorstellungen daran schmerzen entsetzlich. Aber manchmal wird es in meiner Seele hell & auch das Misstrauen schwindet schnell doch zu oft enttäuscht. Zu große Narben, das sind die Dinge, die an meiner Seele darben.

Ich war & bin allein, weil nichts mir mehr Angst macht, als ohne Schutz & Wärme zu sein. Ich kann nicht mehr zurück, doch ich kann auch nicht vor, im Grunde stehe ich vor einem offenen Tor. Ein Tor in eine Welt, voller Möglichkeiten & Träume, dadurch erschließen sich für mich vollkommen neue Räume. Doch ich kann nicht hinein & manchmal will ich es auch nicht & ich spüre wie langsam dieses wunderbare Licht erlischt. Zu viele Worte, zu oft genannt, so habe ich mich selbst aus der Welt verbannt. Zu vieles unsicher, um zu verstehen, wie würde es mir mit dir ergehen? Kein Problem zu groß? Kein Weg zu weit? Wäre sie so, die Zweisamkeit? Doch was auch immer geschieht, die Zeit wird es zeigen, ich werde dir ewig dankbar sein.

Das Ende einer Liebe

Ist die Voraussetzung für den Beginn einer neuen, ist der Grund von Traurigkeit & Enttäuschung, ist der Zusammenbruch einer guten Vergangenheit & das Zögern vor dem Aufbau einer besseren Gegenwart.

Will nicht länger warten

Du sagst, du kannst nicht länger warten, warten, bis der Zweifel erlischt. Du sagst, du willst mich haben, aber ich bin dir schon lange entwischt. Vielleicht gehörte ich mal dir, vielleicht war es mal mehr. Aber ich weiß, so ist es richtig, ich weiß, so ist es fair. Wie kann ich dir beweisen, dass es zu wenig ist, wie kann ich dir beweisen, dass nicht nur du dich zerfrisst? Vielleicht sollte ich es lassen, lassen, dich zu ignorieren, aber ich möchte lieber vergessen, vergessen & dich ignorieren. Vergangenheit ist vergangen & ich hoffe auf das, was kommen mag, suche das Vergessen & bin nicht mehr in die Idee vernarrt. Die Idee, sich zu lieben, die Idee, die schon lange nicht mehr existiert, die Idee sich zu verlieren, die Idee, nach der du schon zu lange gierst. Ich weiß, wie du dich fühlst, ich weiß, was dich so stark bewegt. Ich weiß, dass nichts mehr dich kühlt. Ich weiß, wie langsam du verbrennst & jede Sekunde bereut & ich jede einzige Sekunde bereue.

Eine Kleinigkeit

Meist entsteht ein großer Streit, nur wegen einer Kleinigkeit, die dann oft Gewicht erhält, als wäre es das Größte auf der Welt. Man redet sich in eine Wut, was da heraus kommt ist nicht gut, weil die Wortungelenk entsprechen kaum dem, was man denkt. Kann verbal man nichts mehr zeigen, dann beginnt das große Schweigen. Fortgeführt wird still der Streit, nur wegen einer Kleinigkeit. Jeder quält sich nun herum, statt den ersten Schritt zu tun. Wieso denn ich? Der andre besser! So wird die Mauer immer größer. Irgendwann, da geht`s nicht mehr, es muss doch endlich Frieden her! Vergessen wir doch diesen Streit, nur wegen einer Kleinigkeit. Der Alltag kehrt dann wieder ein, was gewesen, soll gewesen sein. Auch wenn dank Frieden Freude empfunden, auf der Seele bleiben Wunden.

Träne

Eine Träne läuft dir übers Gesicht, du wischst sie verstohlen weg, keiner soll sehen, dass du weinst. Die Träne sucht sich ihren Weg, durch die Augen übers Gesicht, sie läuft & läuft. Wenn es gehen würde, würde daraus schon längst eine Pfütze entstanden sein. Ach, warum bist du so traurig, du bist doch gar nicht allein. Du hast so viel Traurigkeit in dir, die nun nach draußen möchte. Durch die Tränen sucht die Traurigkeit ihren Weg nach draußen. Lass` die Traurigkeit fließen, sie muss irgendwann raus, lass` die Tränen ihren Weg finden. Wische sie nicht mehr ab, jeder kann doch sehen wie's dir geht. Die Tränen müssen laufen, damit all deine Traurigkeit, deine tiefste Verletzung nach draußen gelangen & du irgendwann wieder freier werden kannst. Wisch` sie nicht ab, deine Tränen, deine Traurigkeit, deine Verletzung, lass` sie einfach laufen.

Wie ich gehe

Sanft wogende Welt, verschwommen, nichts sagend erzählt sie mir die Geschichte deines Anblickes, während du für immer schwindest, in dieser sanft wogenden Welt. Leuchtender Nebel vor meinen Augen vorbeiziehend, die Gedanken mitnehmend & in der Seele die Wunden, Brandmale von Hass, der im leuchtenden Nebel schwindet. Die Dunkelheit bricht an, der Geist, frei wie ein Adler. Während meine Augen feucht schwimmend sich für immer schließen, weiß ich, dies ist die Nacht, in der ich aufhören kann, dich zu lieben. Nichts bleibt für die Ewigkeit, kein Gefühl & keine Erinnerung. Nichts bleibt für die Ewigkeit, denn auch die Hoffnung gibt irgendwann einmal auf.

Was wollen wir im Leben

Wollen wir schreiben, wollen wir reden, wollen wir lachen oder wanken, wollen wir Sachen der Gedanken wollen wir beten oder erhören. Dinge geben oder zerstören, erschaffen realer Illusion mit oder ohne Diskussion, wollen wir lieben, Wirklichkeit ist Interaktion.

Ich fühle mich einsam

Sitze da & frage mich, was nur geschah, die Schatten der Dunkelheit, meine ständigen Begleiter. Habe nichts im Griff, fühle mich nutzlos & alleine, in mir ständig dieser Schmerz, der mich spüren lässt, nichts wert zu sein. Tausend Mal geweint, doch nichts weiter gebracht, nie etwas beendet, immer nur gescheitert. Ich habe den Glauben & die Hoffnung aufgegeben, fühle mich leer, bin hinab gestürzt in ein Loch ohne Boden. Wo ist mein Engel, der mir hilft, der mir zeigt, dass das Leben lebenswert ist? Wo ist die Liebe, die mir den Halt geben soll, um nicht wieder zu fallen?

In warme Dunkelheit

Still vor lauter Lärm in meinem Herzen sah ich dich an. Umgeben von warmer Dunkelheit ließen wir Worte unberührt & zogen die Vorhänge unserer Stille weiter zu aus Angst davor, was das Licht uns zeigen könnte.

Kindheit

Manchmal denke ich zurück an die Zeiten voller Friede, Freundschaft & Glück, in denen ich nicht nachgedacht habe über große Fragen, da hatte ich noch nichts zu sagen über Krieg & die Welt. Es gab nur mich & über mir das weite Himmelszelt. Manchmal wünsche ich mich in diese Zeit zurück voller Friede, Freundschaft & Glück. Da war ich unbeschwert & frei, habe nicht drüber nachgedacht, was gut & richtig sei. Heute sitze ich hier im Gras, habe an vielen Dingen Spaß, doch nebenbei dieses kleine bisschen Weltschmerz, das zerrt an meinem Herz.

Empathie los

Wie kann ich andere verstehen? Bin ich ein empathischer Mensch oder Empathie los? Was führt zu Empathie Losigkeit? Wie kann ich mein Mitgefühl stärken & Zuhören lernen? Es gibt Menschen, die wortgewandt aber Empathie los sind. Oft ist die Kommunikation verletzend oder Konflikte werden destruktiv ausgetragen. Das Gegenteil von Empathie verweist auf überzogenen Egoismus, mangelndes Mitgefühl & wenig Selbstkompetenz. Mein Kopf ruft mir zu:

„Hey, du bist du! „Die Probleme sind nicht dein Ding!" Doch: Oh nein, mein Herz nimmt sie an. Das ist etwas, was ich noch lernen kann: „Lass fremde Probleme nicht an dich ran." Ja, manchmal würde ich wirklich gern zurück, doch es ist auch verrückt, ich könnte mir ganz einfach mal die Zeit zurückholen. Oh ja, einfach wieder Kind sein, toll die Zeit, in der das klappt ist wundervoll. Doch ich kriege es nicht hin abzublocken, wenn sich beste Freunde nur noch zoffen & wenn die Welt im Krieg zerbricht. Mancher schreibt nur ein Gedicht, einem anderen das Herz zerbricht, doch man muss bemerken, Trübsal blasen hilft hier nicht. Man muss sich auch mal fragen, was Kinder dazu sagen, wenn ihr ihre Welt zerstört, wärt ihr denn nicht auch empört? Also los, habt nur Mut! Ihr wisst doch selbst, wie gut es tut, jemand anderen zu helfen. Jetzt beginnt mal nachzudenken, könntet ihr nicht Hilfe schenken? Damit es besser wird im Leben & auf dieser Welt, schenkt anderen & euch selbst Glück unter unserem Himmelszelt. Los! Lacht & springt, damit eine bessere Welt gelingt.

Ja, Kinder können vieles schaffen, wenn Erwachsene auch mal mitmachen. Also los, sei mal Kind, damit eine bessere Welt gelingt.

Es ist nicht leicht

Dich nur zu sehen, dir nur mal „Hallo" zu sagen & dich nicht zu berühren. Es ist nicht leicht, dich nur anzuschauen, nur Blicke zu spüren & nicht mit dir zu sprechen. Es ist nicht leicht, dir „Auf Wiedersehen" zu sagen, an dir vorbei zu gehen & nicht sicher zu sein, dich je wieder zu sehen. Es ist nicht leicht, dich zu lieben, aber nur von dir zu träumen, ohne zu wissen, was du für mich empfindest. Es ist nicht leicht, im Ungewissen zu leben.

Hoffnung

Ich versuche, von dir zu schreiben, um Gedanken zu vertreiben, dass ich dich nicht mehr wiedersehe, was meinem Herze so wehtut. Unverhofft tratst du hinein in mein Leben, in mein Sein & brachtest ein Gefühl zurück, von dem ich dachte, es sei weg. Auch wenn wir uns nicht mehr begegnen, wir uns nicht mehr wiedersehen, so weiß ich nun, von heute an, dass ich wieder lieben kann.

Nur ein Moment

Ich habe diesen Zauber sacht gespürt, bei der Begegnung deines Lebens mit dem meinen, als hätten unsre Seelen sich berührt, als wollten sie sich einen Augenblick vereinen. Mit deinen Worten habe ich gelacht, in deinem Bild mich immer wieder stumm verloren & eine zarte Sehnsucht ist erwacht, hat sich in mir mit der Vision von dir verschworen. War es auch nur der einzige Moment, so habe ich darin doch ein Juwel gefunden, es ist ein Licht, das mir im Innern brennt. Mich begleitet in stillen Gedanken Stunden.

Warum kann es nicht einfach wie am Anfang sein?

Man schwebt wie auf Wolken & alles andere verliert an Bedeutung? Warum mache ich mir Gedanken darüber, ob es mir ohne dich besser geht, obwohl ich dich noch immer liebe? Warum schaffen wir es nie, die Harmonie, die uns verbindet, länger als ein paar Wochen am Leben zu erhalten, bevor sie wieder zerbricht? Wann kommt endlich der Zeitpunkt, wo ich wieder voller Überzeugung sagen kann, dass es genau das ist, was ich will?

Verstehe mich nicht falsch. Ich habe immer noch sehr viele Gefühle für dich, aber irgendwie reicht es nicht aus, um wirklich glücklich zu sein. Ich sehe dich so selten & auch wenn ich weiß, dass nicht du, sondern die momentanen Umstände dafür verantwortlich sind, leide ich darunter. Warum fällt es dir so leicht, mich nicht so zu vermissen?

Was soll ich tun, sage es mir!

Du sagst, du liebst mich, doch wo bist du? Du sagst, du liebst mich, doch du willst mich nicht sehen. Ich wollte immer für dich da sein, doch du hast mich nicht gelassen. Stattdessen hast du mich verletzt, mir gesagt, du bräuchtest Zeit für dich. Doch Zeit für dich war nur Zeit ohne mich. Zeit für Dinge, bei denen man mich nicht braucht. Weißt du, wie weh das tut, wenn man liebt? Tut man jemandem das an, wenn man Liebe spürt? Du wirfst mir vor, dass ich kein Vertrauen zu dir habe, doch was hast du getan, um mein Vertrauen zu stärken? Was hast du getan, um mein Vertrauen zu missbrauchen? Gehst du mit den Menschen, die du liebst, wirklich so verletzend um?

Wer sich selber mag

Dem steht die Welt offen, denn schön bleibt sein Tag, das Neue lässt erhoffen! Wer sich gar nicht mag, kann andere nicht mögen. Grau bleibt deshalb sein Tag, fern ist ihm jeder Segen. Wer Defizite sucht, sucht das Versagen, bleibt damit doch verrucht, kann Neues ja nicht wagen. Wer sich selbst schätzt, dem bleibt der Tag ganz offen, weil er keinen verletzt, kann er auf Schönes hoffen. Er sucht nach Glück, denen er menschlich traut, lässt diese Sonne scheinen, hat auf Hoffnung gebaut. Wer sich Menschen annimmt, der kann auch sich annehmen, weil Harmonie bestimmt & der muss sich nicht schämen.

Gestern, Heute, Morgen

Es gibt in jeder Woche zwei Tage, über die wir uns keine Sorgen machen sollten. Zwei Tage, die wir frei halten sollten von Angst & Sorgen. Ein dieser Tag ist das Gestern mit all seinen Fehlern & Sorgen, seelischen & körperlichen Schmerzen.

Liebe & Hass

Liebe & Hass liegen nah beieinander, in Büchern ändern sie sich ohne Rast. Zuerst ist man gegeneinander, dann füreinander, am Ende schließlich miteinander. Für die Gefühlswelt bedeutet es großes Durcheinander. Doch Liebe & Hass kann man auch vernichten, davon möchte ich heute berichten. Das Schlüsselwort bei beidem ist Vertrauen. Wenn man lernt darauf zu bauen, kann man zwischen den beiden unterscheiden, selbst in harten, schweren, unsicheren Zeiten. Vertrauen, das aufgebaut wird, kann Hass dahin raffen, Liebe erschaffen. Doch wird es zerstört, so wird & bist du ach noch so empört auch die Liebe dahinter mit zerstört. Wie hell & dunkel sich ergänzend, sind Liebe & Hass im Herzen glänzend. Wenn man nicht, was das eine wär` so schätzte man das Gegenteil auch nicht mehr. So ist es mit dem Gegenteil, eines kann ohne das andere nicht sein.

Was ist Seele?

Meine Seele bin ich, stets vorhanden in meinen Gedichten, durch sie kann ich fühlen, Gefühle aller Art, außer ihnen gibt es nichts, was den Menschen je so sehr berührt hat. Sie waren immer schon da & werden immer bleiben, sie fliegen körperlos durch alle Zeiten. Nur solange ich lebe, kann sie auch handeln, kann mit meinem Körper durch Welten wandeln. Manchmal hat sie Streit, mit Hirn & Herz, für mich bedeutet dies Stress & Schmerz. Man kann sie nicht sehen & doch ist sie da, so soll es sein, ist & bleibt so, wie es auch immer war. Ohne sie wäre ich nur eine leblose Hülle, erlebte das Leben ohne jegliche Fülle. Ich würde nur existieren, wäre nur Schein, von Leben kann hier nicht die Rede sein. Wir wären nur Maschinen ohne Seelen, aber zu unserem großen Glück kann man sie uns nicht stehlen. Sie sind keine Organe, nicht im Körper drin & doch mit dem Menschen verbunden, so wahr ich hier bin. Sie umgibt uns wie die Atmosphäre die Welt, ist unterschiedlich stark & so sie auch unsere Gefühle bei uns hält.

Nur unser Herz kann die Seele manchmal sehen, so formlos wie sie ist, Äußerlichkeiten übersehen. Vielleicht ist das auch alles gar nicht wahr, Seele ganz anders, nicht so unnahbar. Doch wann immer ich über die Seele nachdenke, kommt mir stets ein Bild wabernden Nebels in den Sinn. Ein Wabern der Gefühle, es geht auf & ab, ist mit Sicherheit etwas, was jedermann hat.

Ich sehne mich

Nach dem schwindelfreien Vertrauen einer Person, welche mir eine Treppe durch die Wolkendecke meiner Zweifel baut. Der Weg zum Glück & inneren Frieden ist lang & schwierig, aber zu schaffen, mit dir an meiner Seite. An deiner Hand möchte ich Stufe für Stufe zum Glück mit dir gehen. Wenn sich mein Herz einmal in der Dunkelheit der Nacht verirrt, um nach dem Glitzern deiner Augen zu greifen. Dann wünsche ich mir, dass du es bist, der mich auf den Weg zurückbringt. Auch wenn ich mich ungewollt an einer Freiheit orientiere, bei der unsere Meinungen nicht übereinstimmen.

Sollst du es sein, der mir allein mit einem tiefen Blick in mein Inneres, die richtige Entscheidung zeigen kann. Wenn uns dann das Gras, des Paradieses an den Füßen kitzelt, dann wissen wir, dass es genau das ist, nach dem sich jeder von uns gesehnt hat!

Kopf aus

Wie oft machte ich mir Gedanken & die Vernunft redete auf mich ein, denn mein Zweifel kannte keine Schranken & meinte immer „Lass es lieber sein!" Denn war ich mal wieder allein, fing ich sofort das Grübeln an. Bald passte nichts mehr in meinen Schädel rein, doch ich wusste nicht, wie ich das ändern kann. So wurde ich zu einem Mann, der viel zu viel auf seine Fehler schaut, denn ich zweifelte viel zu lang & habe nicht auf mein Herz vertraut. Habe mir einiges damit verbaut & ließ nur immer meinen Kopf entscheiden, die Stimme in mir war zu laut, denn sie wollte die nächste Enttäuschung vermeiden. Doch ich lasse mich nicht mehr von ihr leiten, aber wie schaltet man sie ab, sie wird wohl für immer bleiben; doch so langsam habe ich sie wirklich satt.

Deshalb ist es mir vollkommen egal, was sie sagt nur noch mein Herz kann mich lenken. Ich weiß, so werde ich auch endlich glücklich, denn es schlug schon bevor mein Kopf anfing zu denken.

Traum

Lass uns unsere Augen schließen, unsere Seelen in ein Märchen fließen, den Ängsten & Sorgen entschwinden, uns im Paradies wieder finden. Lass` uns träumen von einer schönen Zeit & wir fühlen nur Freud`, kein Leid. Im Traum in den Armen liegen, unsere Herzen in einem Märchen wiegen, lassen wir uns von Gefühlen leiten & wir leben in gefühlvollen Zeilen. Öffnen wir dann die Augen, so sehen wir, wie schön träumen sein kann. Mein Herz vergisst dich nie, in meinen Träumen bist nur du. Wenn meine Kissen manche Träne tragen, ist es nur, weil mein Herz an dich denkt, die Hoffnung, sie bleibt mir dann, dass sich Glück erfühlen (erfüllen?) kann!

Das Buch des Lebens

Das kennt ein jeder, alle Menschen schreiben mit Emotionen, Träume, Wünsche, alle Wesen, jeden Schritt. Geburt & Kind, Jugend, Alter, jeder Teil vergeht im Nu, auch der Tod ist drin enthalten, denn auch er gehört dazu. Frühling, Sommer, Herbst & Winter, jedes Jahr dasselbe Spiel! Alles kommt & geht vorbei, die Zeit hat der Kapitel viel. Das Vorwort, das ist die Geburt, der Epilog der Tod, in einem Teil geht es um Freude, im nächsten Teil geht es um Notfreundschaft. Auch Liebe gibt es oder Hass. Armut, Reichtum, Fleiß & Krankheit, mal geht's um Unglück, mal um Spaß. Ein Leben kommt, ein Leben geht, auf Sonnenschein folgt Nacht. Im Buch des Lebens steht geschrieben, was den Mensch zum Menschen macht.

Heute

Jeder Mensch kann nur die Schlacht eines Tag schlagen, dass wir zusammenbrechen geschieht nur, wenn „Du" & „Ich" die Last dieser zwei fürchterlichen Ewigkeiten. Gestern & Morgen, zusammenfügen, es ist nicht die Erfahrung von heute, die die Menschen verrückt macht.

Nicht wie jeder andere Tag

Heute ist es so weit, du machst dich bereit. Gewartet hast du lange, aber es hat sich gelohnt, denn die Zeit hat dir Kraft gegeben. Die wirst du brauchen, denn heute wirst du dich rächen, heute ist ein besonderer Tag, nicht wie jeder andere Tag. Du machst dich bereit, ziehst los, um dich zu rächen. Vergessen wirst du nie, was sie dir angetan haben! Das kann auch deine Tat nicht ändern. Der Schmerz sitzt zu tief, denn heute ist ein besonderer Tag nicht wie jeder andere Tag.

Deine Stimme

mit der du in meine Tiefe tauchst, du ein(?) Echo deines süßen Wesens, mit der du diese Worte mir als Küsse entgegen hauchst. Diese treffen unser Leuchten in den Lüften schwebend, in dessen Zauber bannst du mich niedlich ein. Diese Blicke heben mir dein Antlitz entgegen, sei frohen Mutes, ich fordere dich zum Tanze auf, dass dein Kuschelherz dann endlich zu mir spricht.

Einsamkeit zu Zweit

Nicht durchzudrehen fällt schwer, zärtliche Berührungen sind lange her. Wie fühlt sie sich an, eine andere Hand? Hoffentlich nicht so kalt wie meine Wand. Wie fühlt sich eine Umarmung an? Ich will sie wieder spüren, nur wann, ihr zu streichen durchs schöne Haar, ich wünschte es wäre wahr. Wie riecht sie nur? Es täte mir besser als jede Kur. Ich will den Herzschlag spüren in ihrer Brust, doch alles, was ich fühle, ist Frust. Wann sind wir wieder zu zweit? Ich blicke vorwärts, denn bald ist es wieder so weit. Frage mich, was hast du gemacht mit mir, sehne mich nach deiner Nähe. Immer mehr wird mir klar, ja, ich brauche dich so, die Einsamkeit in mir ist so stark. Meine Liebe zu dir ist so groß, mein Verlangen nach der Stille, ich frage mich, wie e reiche ich sie nur? Der Einsamkeit in mir sie ist so stark, möchte sein dir so nah. Doch, ich glaube das werde ich nie sein! Mir fehlt der Mut, in mir ist eine so große Angst. Wo finde ich nur die Stille, sie ruft nach mir? Doch eins, das wurde mir so klar, im mir herrscht die Einsamkeit.

Ich habe nichts

Doch habe ich alles, ich habe dich! Du, die mein Herz erfüllt, die mein Leben zum Blühen bringt. Du, die mir die Sterne schenkte, die meine Träume zum Leben erweckt. Du, einfach du, bist ich, ich danke dir dafür, bist die ganze Welt, ich habe nichts, habe erst mein Leben gefunden, als ich dich fand. Heute Nacht, wenn die Träume kommen, dann fliege ich zu dir. Wenn der Mond scheint pflücke ich dir einen Traum, wir werden nicht einsam sein, wenn die Sterne tanzen, wir schlafen nicht ein. Heute Nacht bewundere ich dein Lächeln, heute Nacht bist du in meinem Traum. Wir finden wir zusammen & wir werden niemals einsam sein.

Die Nacht stillt viele Fragen

Dein Fleiß in klaren Augen lässt mich fliehen, lässt mich glauben. Dein Sinn für den Verstand macht mich glücklich, macht mich krank. Dein Tun für das Recht fasziniert & nervt mich wirklich. Dein Glaube an das Lieben verstaubt nicht, er ist mein Frieden.

Mit anderen Worten

Wir, die Kunst aus der Quelle unserer inneren Freiheit, wir selbst zu sein. Mit all` unseren Farben, mit all` unseren Worten, mit all` unseren Sinnen, aus unserer Seele. Sorglos, schwerelos, grenzenlos. Mit anderen Worten: Wir gehen auf wie eine Rose, wie die Sonne am Horizont, in unserer vollen Pracht, frei von jeglichem Ballast vor den Augen. Die Kunst mit Träumen, Flüssen aus Worten nicht aufzuhören. Nach oben zu blicken, Himmel & Sterne zu sehen & zu probieren, diese zu greifen. Sind wir wieder auf der Erde, ringen nach Luft, werden wieder gewöhnlich & zerfallen mit der Zeit zu Staub. Mit dem Drang, ohne Angst & Hemmungen alles hinzuschmeißen. Sind wir außergewöhnlich. Irre! Der Himmel soll die Grenze sein? Nur für diejenigen, die so denken! Was Gewöhnliche sagen, soll Außergewöhnliche von Plänen nicht aufhalten. Mit anderen Worten: „Wir".

Wenn du wieder

mal von Abschied sprichst & von Zweifeln gequält, ob es so richtig sei, wenn du nicht weiter weißt, das Leben dich durchrüttelt. Ohne Gnade, wenn du auf Erlösung hoffst, die es nie geben wird. Nicht in diesem Leben, wenn dich dein Gewissen plagt, dir auch des Nachts keine Ruhe gönnt & Träume deine Speise ist, wenn dich das Leben hungrig zurück lässt. Wenn ich gehe, weil auch ich keine Lösung erkenne. Wenn es aber so sein wird, dann denke daran: Ich gehe niemals so ganz, etwas bleibt.

Macht der Gedanken

Sie bestimmen unser Leben, meistens unbewusst, Befehle sie uns dauernd geben, über Glück & Frust. Wenn sie sagen: "Du tust das!", dann tun wir das auch, wenn sie fragen: "Was ist das?"

Verloren in dir

Ich bin verloren in dir, kein Funke mehr von mir. Habe mich selbst verloren, nur noch du in all meinen Poren. Jeder Gedanke dreht sich um, dich schließe ich die Augen, sehe ich nur dein Gesicht. Wache auf & denke daran, dass ich dir gehör' & du mir. Jeder Tag ist wie ein Versprechen & ich würde es niemals brechen. Werde immerzu bei dir sein, Tag wie Nacht, dich beschützen mit all' meiner Macht! Dir einfach alles geben, wenn es sein muss, sogar mein eigenes Leben. Denn so sollte Liebe sein, nur du & ich, wir gehören uns ganz allein.

Dasein

Lass uns einfach nebeneinander sitzen; nichts reden, nichts tun, nichts erwarten. Schulter an Schulter, deine Hand in meiner & meine Hand in deiner. Lass uns einfach dem Regen zuhören, dem Straßenverkehr, den Menschen auf dem Weg nach Hause. Lass uns einfach Dasein, du & ich – ich & du.

Traumwelt

Lass` mich in deinen Augen versinken, lasse mich von deinen Lippen kosten. Ich will dich nehmen an der Hand, entführen in ein fernes Land. Es wird das Land der Liebe sein, dort sind wir beide ganz allein. Liebevoll schaust du mich an, ich ziehe dich in meinen Bann. Mein Blick dich fesselt, fasziniert, du streichelst mich ganz ungeniert. Wir sind beide hingerissen, sinken in die weichen Kissen. Vergessen Zeit & Raum, genießen diesen Traum, den Traum von unserm Paradies, in das man uns kurz ließ.

Wenn du

ganz oben angekommen bist, wissen deine Freunde, wer du bist, wenn du ganz unten bist, weißt du, wer deine wahren Freunde sind. Verlasse dich auf niemanden auf dieser Welt, denn selbst dein Schatten verlässt dich in der Dunkelheit. Lerne das, was du hast, zu schätzen, bevor die Zeit dir beibringt zu schätzen, was du hattest, gebe nie auf zu kämpfen, wenn du fühlst! Du könntest noch weiter kämpfen, wartest nie auf den perfekten Moment, sondern nutzt den Moment, um es perfekt zu machen. Das Leben hat vier Sinne:

Lieben, leiden, kämpfen & gewinnen. Wer liebt, leidet, wer leidet, kämpft, wer kämpft, gewinnt. Liebe genug, leide wenig, kämpfe jeden Tag & gewinne immer!

Mein in starker Wille

darf nicht mit Trotz & Egoismus verwechselt werden. Wer einen starken Willen hat, setzt sich sehr häufig durch & erreicht seine selbst gesteckten Ziele meist. Einen starken Willen bekommt man, wenn man schon früh für die Dinge, die man wollte, kämpfen musste, oder es nicht immer so leicht hatte. Es wird meist als falscher Stolz bezeichnet & ist der Eigensinn. Andere würden dazu sagen, dass sich jemand nichts gefallen lässt, oder sich nichts sagen lässt, oder nicht zuhören kann. Doch wenn man beachtet, wie viele Bedeutungen es gibt, wird es unmöglich sein, sich großartig zu ändern. Mal ist es für eine Lebensweise dazu gehören & mal nicht, weil man selbst ist & man auch ein Ego besitzen sollte. Nur die Selbstkritik mitnehmen & nichts weiter, nur der offene & bewegliche Geist formt & nicht die momentan anstehende Geisteshaltung.

Liebe ist nicht

den anderen zu bedrängen, zu ändern, zu besitzen. Liebe ist nicht, den anderen einzusperren, Gefühle zu heucheln & zu belügen. Liebe ist nicht die Angst vor dem Alleinsein, sondern das Streben nach Gemeinsamkeit. Liebe ist den anderen zu akzeptieren, zu bewundern & auch versuchen zu verstehen. Liebe ist gemeinsame Ziele & Wünsche zu haben & die Vorstellung, diese vereint zu realisieren. Liebe ist auch immer das Risiko verletzt zu werden aber auch das Gefühl, davor keine Angst haben zu müssen. Liebe kann nur in ihrer vollen Pracht genossen werden, wenn man bereit ist, bedingungslos zu lieben. Liebe ist Offenheit & die Fähigkeit, mit dem anderen zu reden auch & grade dann, wenn es schwer ist. Liebe ist den anderen zu spüren & zu genießen, neben ihr ein zu schlafen & aufzuwachen. Liebe ist die Geborgenheit, wenn man sich im Arm hält, beide intensiv fühlen & keiner etwas sagt. Liebe ist das Gefühl, welches das Leben wunderbar macht. Wenn man wahrhaft liebt, darf man verlangen, was man selbst bereit ist zu geben: Alles!

Geschichten, die das Leben schreibt

Es ist der Alltag, der die Geschichten schreibt & mit ein bisschen Glück unseren Lebensmotor antreibt. Es kann aber auch eine Begegnung sein, die unser Herz berührt oder die große Liebe. Die man bis in die Fingerspitzen spürt, es könnte die Sehnsucht sein, die wie Feuer brennt, oder eine Träne, die den Grund für ihre Trauer nicht kennt. Es ist vielleicht ein kleines Wort, das zwischen den Zeilen steht, oder ein Freund, der ohne Gruß nach Hause geht. Es könnten Kleinigkeiten sein, die wir oftmals gar nicht beachten. Wenn wir laufen, ohne auf den Weg zu achten, es gibt so viele Begebenheiten, die uns bewegen. Die unsere Persönlichkeit prägen, die uns wachsen lassen & auch reifen, die uns helfen, das Leben zu begreifen. Geschichten, die der Alltag schreibt & uns damit manchmal in den Wahnsinn treibt.

Ich denke

Da(?) die Liebe nicht perfekt ist, ist es nicht immer leicht, ich denke, dass die Liebe nicht perfekt ist, es ist nicht immer leicht, denn wir leben in keinem Märchen. Liebe bedeutet Hindernisse zu überwinden & Herausforderungen anzunehmen. Es ist ein kurzes Wort, leicht zu buchstabieren, jedoch sehr schwer zu definieren. Sie ist schwer zu finden, noch schwerer zu halten & unmöglich zu vergessen. Liebe ist gegenseitige Arbeit, aber vor allem die Gewissheit, dass jede Stunde, jede Minute & jede Sekunde davon es wert war, weil man sie zusammen verbracht hat.

Für meinen Sohn

Einfach Liebe, das unsere Liebe so ehrlich ist, das gefällt mir so sehr, dass du zu mir stehst, ich finde dafür keine weiteren Worte. Weil ich dich in meinem Herzen trage, deshalb fällt mir jeder Weg leicht. Du bist keine Last, bist große Kraft; einfach nur pure Liebe!

Die glücklichsten

Menschen der Welt sind nicht die, die keine Sorgen haben. Sondern die, die gelernt haben, mit Dingen positiv zu leben, die alles andere als perfekt sind. Das sind Menschen, die sich an den kleinen Dingen des Alltags erfreuen & die täglich an sich & ihrer Situation arbeiten, damit es besser werden kann. Die in allem Negativen das Positive erkennen, nicht verlernt haben zu lachen, zu lieben, zu leben, zu träumen, zu glauben, zu hoffen & zu kämpfen.

Spuren

Alle Dinge, die wir tun, hinterlassen Spuren, alle Gespräche, die wir führen, hinterlassen Gedanken. Alles, was wir sehen wahrnehmen, hinterlässt bei uns Fantasien bei jedem, der uns liebt, hinterlassen wir Gefühle. Bei jedem, den wir lieben hinterlassen wir uns, wir hinterlassen Spuren, egal, wohin wir gehen, egal mit wem wir reden, egal wen wir lieben, egal was wir tun. Wir sollten uns stets bewusst sein über das, was wir tun!

Gefangen

Jäger oder Gejagter? So verlockend wie die süßeste Versuchung, ein kalter Schauer, freiwillig gefangen in einem Gefängnis. Doch der Schlüssel steckt in der Tasche, so nah & doch so fern, so einfach & doch so schwer, die Kälte ergreift mich, lässt mich nicht los, die Macht des Gewissens. Angekettet an das Vergangene, verurteilt, strebend nach Selbstliebe. Die Sucht, die Vergangenheit zurückzuholen, zu stark, erfüllend & zerstörend zugleich & Stimmen in meinem Kopf, lassen mich zugrunde gehen & kein Hauch von Mitgefühl wird mich erlösen.

Gebe mir die Gelassenheit

Dinge hinzunehmen, die ich nicht ändern kann, den Mut, Dinge zu ändern, die ich ändern kann & die Weisheit, das eine von dem anderen zu unterscheiden. Gebe mir Geduld mit Veränderungen, die ihre Zeit brauchen & Wertschätzung für alles, was ich habe. Übe Toleranz gegenüber jenen mit anderen Schwierigkeiten & die Kraft, aufzustehen & es wieder zu versuchen, nur für heute.

Verlorene Liebe

Du hast mir mein Herz gestohlen, mein Lachen, meine einzige Stärke von mir genommen. Kann nur an dich denken, meine Gefühle nur an dich richten, stehe hier, vollkommen verlassen. Sehe keinen Ausweg, um all das zu vergessen, zu verdrängen & einfach zu fallen ins Unendliche hinein, dich nie wieder zu sehen. Komme doch immer wieder zurück zur Wirklichkeit, zum eigentlichen Leben, doch ist das alles noch echt? Ist das wirklich alles, was du mir zu bieten hast? Diese Leere, die in mir du gelassen hast, diese nicht erlebte Liebe, die du mir gegeben hast? Will dir vergeben & mir selbst endlich eingestehen, dass du nicht die eine bist, doch wer ist dann die eine, wenn du es nicht bist? Kann mir keine andere an meiner Seite vorstellen außer dir, keine andere versteht dieses „wir", dieses einzigartige Gefühl. Du bist wie Segen & Fluch zur selben Zeit, mich ständig verfolgend, ohne Sinn & Verstand schreite ich weiter im Strudel der Zeit. Du gibst mir Zuflucht, gibst mir alles, was ich je gesucht habe & doch immer wieder verflucht habe. Hoffe, endlich von dir losgelöst zu sein, um nie wieder von dir besessen zu sein.

Wer oder was

Bin ich noch der, der ich mal war? War ich der, der ich sein wollte? Ist mir der Sinn des Lebens klar? Ist alles so wie es sein sollte? Bin nicht sicher, wer ich bin, hab` viel darüber nachgedacht, weiß nicht, wo geht die Reise hin, zu der ich mich habe aufgemacht. Bin ich nur ein einfacher Mann, der sich bückt zum Überleben? Manchmal bin ich auch Poet, Fantasien tief ergeben, wenn vorbei mein Leben ist, wird noch jemand von mir lesen? Wenn nur einer mich vermisst, ist nicht alles falsch gewesen.

Erinnerung

Manchmal fühle ich mich wie jemand, der sein Gedächtnis verlor, nur mehr der Hauch einer Erinnerung. Plötzlich weiß ich, woher meine Traurigkeit rührt. Ich möchte schreien vor Wut, toben vor Verzweiflung. Sehnsucht hat mich erfasst, heimzukehren an den Ort der Ruhe, des Friedens, der Lebensfreude.

Du & Ich — normal?

Ich kann einfach nicht von dir lassen & wanke zwischen lieb-en & hassen; bekomme dich nicht aus meinem Sinn. Ob ich für dich immer noch wichtig bin, frage ich mich schon die ganze Zeit. Nur Zweifel, Hoffnung & kämpfen machen sich in meinem Kopf breit. Weiß nicht weiter im Denken & Tun, wenn du mich wirklich vermisst, frage ich mich still, warum das so ist. Versunken in meinen Gedanken an dich, wird der Eine größer & erobert mich. Es gibt nur den einen Weg; zu erfragen, was es noch zwischen uns Beiden gibt. Nie habe ich mich getraut, es dir zu sagen: Glaube mir, ich hab dich im-mer geliebt, klopfe ich sachte so an deine Herzenstür, weil es mich unentwegt zu dir hinzieht. Hoffend & bangend komme ich zu dir, bitte, nimm meine Hand in die deine & flüstere: "Lass mich nie mehr alleine."

Sie ist

Du bist etwas Besonderes, so anderes, so sehr anders, deine Art etwas zu erzählen macht mutig & neugierig zugleich. Deine Art zu handeln, dein Wesen, die Dinge, die du siehst, du sprichst einem aus der Seele, doch du weißt es nicht. Ich sehe dein Innerstes, du verstehst mich nicht, aber du weißt es, vermutest es. Du bist gefangen in einem Irrgarten aus Gefühlen, ahnst du es? Du bist du, bewiesen hast du es, aber du musst es nicht. Wirkst so zerbrechlich & doch so fern & doch so stark, leidvoll hast du die Realität erfahren, so unnahbar wirkst du. Ein Leben ist keine Lüge, es scheint so rein & unbefangen. Bitte atme, atme dein Leben ein, denn du bist einfach wunderbar. Deine Augen strahlen, wie Augen nur strahlen können, so klar & wach & ohne Zweifel. Ich möchte meine Hände an deine Wangen legen, deinen Atem spüren, wenn meine Hände sanft über dein Gesicht gleiten. Dein Zittern & Erbeben spüren, du bist einfach wunderbar. Ich weiß, das Ganze ist nur eine Illusion einer schönen, einen Illusion. Verneinung ist das Wort, das Wort, das die Realität bestimmt, eine Realität, eine Realität, die es nicht gibt.

So werden wir das Paradies nun verlieren, diesen flüchtigen Augenblick. Es wird davon laufen, wir werden davon laufen, die Realität ist nicht aufzuhalten, sie wird kommen.

Der Gedanke

Ich müsste auf dieser Welt jemals ohne dich sein, lässt mich vor Schreck erstarren dann wache ich auf & weiß: Dies wird niemals so sein! Meine Liebe zu dir ist so grenzenlos, so rein, so vollkommen, dass ich mich auch wenn nicht bei mir sein kannst, niemals einsam fühle. Mich von dir trennen zu wollen, käme einem Massaker gleich! Habe keine Angst um mich, mach dir keine Sorgen. Zweifel nicht an meiner Treue, du würdest damit alles in Frage stellen! In dem Moment, wo du mir nicht mehr glaubst, hast du den Glauben an unsere Liebe verloren!

Mein Geheimnis

Mein Herz, es schreit vor Schmerz, ich kann nicht sagen, was mich bedrückt, denn mein Verstand spielt völlig verrückt, eigentlich ist momentan mein ganzer Körper eine Achterbahn. Das hast nur du geschafft, der Mensch, der so oft aus vollem Herzen lacht. Was soll ich tun, um es zu sagen, soll ich es einfach wagen? Was ist, wenn du es falsch verstehst & nicht mal mehr den kleinen Weg mit mir gehst? Jetzt habe ich dich zumindest zu einem kleinen Teil, aber wenn ich es ausspreche, dann ist es vielleicht vorbei! Ich werde es wagen & es dir jetzt sagen. Du bist mein lieber Sonnenschein & mein größter Wunsch ist es, mit dir für immer zusammen zu sein. Vielleicht sagst du jetzt Good bye & unsere schöne Freundschaft ist entzweit. Aber länger wollte ich nicht mehr mit diesem Geheimnis leben & deshalb wollte ich dir dies als Mitteilung geben. Entscheide wie du fühlst & ob es irgendwann für uns eine wahre Chance gibt.

Bei all dem Druck

Den das Leben beinahe täglich auf uns ausübt, sollte man sich auch Zeit zum Nachdenken nehmen. Denn sie ist entscheidend für unseren Erfolg & unser Wohlbefinden. Es ist jene Zeit, die es uns ermöglicht, sich selbst besser zu verstehen, klügere Entscheidungen zu treffen. Das Leben aus einer anderen Perspektive zu betrachten, wodurch letztendlich das persönliche Glück gesteigert werden kann. Vergessen Sie daher nicht, unsere nachdenklichen Sprüche zu lesen, um auf ihrer Reise voranzukommen. Bei all dem Grübeln sollte man aber auch folgenden Spruch im Hinterkopf haben: "Zu viel nachdenken ist wie schaukeln. Man ist zwar beschäftigt, aber man kommt kein Stück weiter." Das Handeln darf demnach nicht vergessen werden.

Ich glaube, das Leben ist etwas Unglaubliches

Ein unglaubliches unerforschtes Wunder, wie Zauberei. Seine Schönheit besteht darin, dass es so unglaublich wunderbar & so unglaublich schrecklich sein kann & alles, was dazwischen liegt & das ist gut so. Ich weiß nicht, worin der Sinn des Lebens besteht, aber ich weiß, dass der Wert des Lebens, das wofür es sich lohnt zu leben. Die Liebe ist, wenn man ohne Liebe lebt, lebt man nicht richtig. Die glücklichsten Menschen der Welt sind nicht die, die keine Sorgen haben.

Was gestern noch war

Meine Entscheidungen sind mir fremd & viele Wege haben sich mir verschlossen, sie schauen mich dunkel an. Ich spüre ihre traurigen Blicke, umdrehen kann ich mich nicht, denn ich habe Angst vor ihren Stimmen. Was heute immer ist, mein Blick nach vorn tastet im Leeren, seine Arme sind nicht lang genug. Sie bekommen nichts zu fassen. Ich weiß um seine Entscheidung, stehenbleiben kann ich nicht, denn ich habe Angst vor Berührungen.

Leben atmen

Lasst mich hinauf, so hoch es geht, vielleicht kann ich dann auch die Tiefe ertragen, lasst mich hinaus ins Weite, vielleicht kann ich dann selbst Grenzen erkennen. Lasst mich Erfahrungen machen, lasst mich zu den Menschen, auch zu jenen die ihr ablehnt, lasst mich ins Prisma der Seelen sehen, die vielen Facetten menschlichen Erlebens fühlen. Lasst mich, lasst mir meine eigene Welt, die ihr nie ganz begreifen könnt. Lasst mir meine vielen klaren & auch die wirren Gedanken, lasst mir meine Träume & Illusionen, meine Ideen & Gefühle. Ich weiß, die Träume sind nicht alles, ich weiß, dass jedem Höhenflug. ein Absturz folgen kann, ich weiß, dass ich eure Liebe brauche. Lasst mich, dringt nicht in mich, kann eure Liebe nicht warten, bis ich frei bin, zu sprechen?

Mauern der Einsamkeit

Schicksalsschläge, Situationen, die uns im Alter nicht verschonen, bauen Mauern der Einsamkeit, hoffend auf Vergänglichkeit. Diese Mauern, die dich umgeben, sind eigner Rückzug aus dem Leben. Doch Hoffnung schafft es nicht allein, es muss auch „Wollen" dagegen sein! Willst hilfreich dann nach Händen greifen, musst deine eigne dir erst reichen damit aufraffend, weitergehen, nach vorne schauen & nicht bleiben stehen. Denn „Wollen" gibt uns neue Ziele, merken in dir bald gute Gefühle. Das Glück kommt dann von ganz allein, brauchst nur bereit dafür zu sein. So reißt du alle Mauern ein, wirst niemals wieder einsam sein. Durch fröhlich wollen, tun & hoffen, hältst du dir Türen & Tore offen.

Wie schön wäre es

Jeden Tag mit Meeresrauschen aufzuwachen, in den Tag zu starten, ohne Sorgen, ohne Gedanken an den nächsten Morgen, einfach leben im Hier & Jetzt. Menschen kennen lernen, die man trifft, sich unterhalten & Anteil nehmen, ohne das es einen selbst betrifft. Statt Anpassung & Belastbarkeit, Humanität & Zusammenhalt.

Das Leben

Ist ein ständiger Wechsel zwischen Angst, Glück & Liebe. Gefühle wollen dir etwas sagen & jedes Gefühl darf da sein. Denn wenn wir sie ablehnen, dann leben wir an uns vorbei & unser Leben bleibt unerfüllt. Lass nicht zu, dass deine Angst sich anderen Menschen zu öffnen größer ist, als die Sehnsucht nach Nähe & Vertrauen & die schlechten Erfahrungen stärker sind, als die besten Hoffnungen.

Verstehst du

Warum ich dir ein Lächeln schenke? Warum mein Blick so oft dich sucht? Warum ich mich freue dich zu sehen? Verstehst du warum ich dich besuchen komme? Warum meine Hand die deine Halten will? Warum ich trauere wenn du nicht hier bist? Verstehst du warum ich manchmal weine? Warum meine Augen sich senken? Warum ich dich nicht grüße? Verstehst du, dass ich dich liebe?

Wenn du bei mir bist

Schlägt mein Herz fester, wenn du mich umarmst, fühle ich mich geborgen! Wenn du zu mir "mein Schatz" sagst, fühle ich deine Liebe! Wenn du mir zeigst, dass du mich liebst, ist es das Schönste auf der Welt! Wenn ich in deine Augen sehe, könnte ich mich darin verlieren! Wenn du abends neben mir einschläfst, ist es schön dich zu beobachten! Wenn du mich bei deinen Freunden, deiner Familie erwähnst, fühle ich, dass ich dir wichtig bin! Wenn ich schlafe, habe ich dein Bild vor Augen! Wenn ich erwache, bist du mein erster Gedanke.

Es ist die Reue & Verbitterung für etwas, was gestern geschehen ist, oder die Furcht vor dem, was das Morgen uns bringen wird. Das Gestern ist nicht mehr unter unserer Kontrolle! Alles Geld dieser Welt kann uns das Gestern nicht zurückbringen. Wir können keine einzige Tat, die wir getan haben, ungeschehen machen, können kein Wort zurücknehmen, das wir gesagt haben.

Das Gestern ist vorbei

Der andere Tag, über den wir uns keine Sorgen machen sollten, ist das Morgen mit all seinen möglichen Gefahren, Lasten, großen Versprechungen & weniger guten Leistungen. Auch das Morgen haben wir nicht unter unserer sofortigen Kontrolle. Morgen wird die Sonne aufgehen, entweder in ihrem vollen Glanz, oder hinter einer Wolkenwand. Aber eines ist sicher, sie wird aufgehen! Bis sie aufgeht, sollten wir uns über das Morgen keine Sorgen machen, weil Morgen noch nicht geboren ist. Da bleibt nur ein Tag übrig.

Von Anfang an

Etwas Seltsames liegt in der Luft, wie ein Fiber das den Atem raubt, wie eine Schling die sich um dich legt, wie ein Duft der dich betört, so seltsam vertraut, als würde die Seele frei, & jede Vernunft in abseits steht. Als würde sich der Himmel auf tun & das Paradies zum Greifen Nah. Endlich bist du da, wo es doch so seltsam war, als würdest du Heimkommen. Liebe ist so wunderbar, auch wenn es so seltsam begann, war es Liebe von Anfang an!

Das Meer in Alanya

Die Wellen kommen, die Wellen gehen, ein beständiges Spiel der Zeit. In endloser Unendlichkeit oder doch in absoluter Vergänglichkeit? Ein Gedanke steigt in mir hoch, wie die Sonne am Firmament überstrahlt alles andere, umhüllt mich mit Wärme, versinkt wieder im Meer & lässt mich fröstelnd zurück. Vergrabe meine Zehen im Sand, spüre den Puls des Lebens unter mir, im Einklang mit meinem Herzschlag.

Das Rauschen des Meeres, lieblich & leise, das Tosen der Brandung, wütend & laut ein spiegelndes Wechselbad meiner Gefühle. Die Weite des Horizonts brennt in meinen Augen, schwindelerregend & unnahbar. Weckt die Sehnsucht nach grenzenloser Freiheit. Salz liegt in der Luft, klebt auf meiner Haut & landet auf meinen Lippen. Es schmeckt nach Meer, nach Vergänglichkeit, nach Unendlichkeit.

Liebe gegen Zeit

Die Finger fliegen über die Tastatur & hinter mir, da tickt unaufhaltsam, die Uhr, die Finger bewegen sich, sie wollen. Schneller sein als die Zeit & die Zeiger der Uhr sind auch zum Zweikampf bereit. Keiner der beiden gönnt sich eine Pause, um auszuruhen & jeder will sein Bestes geben & das Meiste tun, so reihen sich die Buchstaben aneinander & es entsteht, ein Gedicht, in dem es um die Liebe geht. Wo die Realität, den Boden unter den Füßen verliert & wo die Uhr, ganz durcheinander wird. Wo bleibt die Spannung, wenn ein Zeiger dem Anderen hinterherläuft, wenn die Unendlichkeit nach der Gegenwart greift?

Wo die Zeit unwichtig wird, wenn die Liebe im Zweikampf, die Regie führt, so schaut die Uhr traurig zu den Fingern hin. Fragt sich ganz leise nach dem Lebens Sinn, unaufhaltsam im Kreis zu wandern, das kann es doch nicht sein, immer auf Reisen, einsam & allein. Sie schielt auf die Finger & bleibt stehen, es hilft kein Bitten mehr & kein Flehen, die Zeiger der Uhr haben es satt nur zu funktionieren. Sie wollen auch einmal von dieser Droge, die sich Liebe nennt, probieren. Sie wollen einmal frei sein, von den Gesetzen der Welt & haben die Zeit, für unbestimmte Zeit in Frage gestellt. Sie fliegen mit den Fingern über die Tastatur & genießen gemeinsam mit den Buchstaben, Liebe pur.

In meinem Herzen

Fand ich beim Aufräumen, ein paar Dinge, die ich schon fast vergessen hatte, das waren: Einige Verletzungen, einige Schwächen, schlechte Zeiten, Mutlosigkeit, Vertrauensbrüche, Einsamkeit, Schmerzen aller Art, Lügen von geliebten Menschen, Tränen, Hoffnungslosigkeit & noch so einiges mehr.

Erst wollte ich all den Kram entsorgen, aber dann beschloss ich, ihn aufzuheben. In eventuell schweren Zeiten, werde ich all diese Dinge hervorholen & mich daran erinnern, dass ich nie an ihnen zerbrochen, sondern nur stärker geworden bin!

Innerer Nachtspaziergang

Die Seele schwindet durch den Wind, die Straßen sind leer. Ein paar Laternen sind noch an, geben etwas Hoffnung her, es kommen ein paar Autos, sie ziehen an mir vorbei. Wie meine Einsamkeit, ein lauter Schrei, Zigaretten liegen auf dem Asphalt, plattgetreten & verbraucht. Ein Leben voller Illusionen, welches ist nun vergraut, manchmal braucht es nur einen Funken, doch die Dunkelheit reicht weit. Alles kann sich ändern, ob dies wohl meine Zukunft schreibt.

Liebst du mich auch?

Wenn ich dich ansehe, erstarre ich, mein Herz beginnt schneller zu pochen, fast hätt ich's laut ausgesprochen. Was ich empfinde für dich? Ich kann es dir nicht sagen, mein Körper beginnt zu zittern, lass mein Herz bitte nicht splittern.

Ich muss dich jetzt einfach fragen: Wann wird es endlich geschehen? Wieso willst du mich nicht? Willst du, dass mein Herz zerbricht? Bleibe nicht in der Vergangenheit stehen. Vielleicht täusche ich mich, zeige etwas Vernunft, komm mit mir, in die Zukunft. Nicht nur in dieser Winternacht.

Liebe zu mir

Es gibt Momente, da frage ich mich erkenne ich die Liebe, von der man spricht? Wie fühlt sie sich an, wie sieht sie aus? Finde ich die Richtige unter den Falschen heraus? Gibt es ein Zeichen, dass man sie erkennt, wo man sonst nur hinter Verlogenheit herrennt? Wie entsteht Hoffnung, wie das Vertrauen? Muss erst die Liebe zu mir selbst aufbauen. Entdecke ich sie, tief in mir verborgen, kann ich für mein Glück alleine sorgen.

Schweigen

Es ist zu viel was wir auf uns nehmen die Menschen das Leben die Unzulänglichkeiten der anderen. Jeden Tag fallen harsche Worte oder stumme blicke streifen uns voll misstrauen, Desinteresse oder Neid; lautlose Worte als Gedanken werden zurückgehalten um nicht anzuecken.

Sie bleiben im Hals stecken, zehren von der Luft in den Lungen, von der liebe im Herzen – sage nicht, was du denkst, manchmal ist es besser, wenn deine Worte schweigen.

Spuren

Alle Dinge, die wir tun hinterlassen Spuren, alle Gespräche, die wir führen hinterlassen Gedanken. Alles, was wir sehen wahrnehmen hinterlässt bei uns Fantasien, bei jedem, der uns liebt hinterlassen wir Gefühle bei jedem, den wir lieben hinterlassen wir uns. Wir hinterlassen Spuren – egal wohin wir gehen, egal mit wem wir reden, egal wen wir lieben, egal was wir tun. Wir sollten uns stets bewusst sein über das was wir tun!

Es ist gar nicht so leicht

„Einfach" das zu tun, was man will, es ist gar nicht so leicht, "einfach" seinen Weg zu gehen, es ist gar nicht so leicht, "einfach" weiter zu machen, als sei nichts geschehen. Es ist gar nicht so leicht, "einfach" locker weiterhin den Umgang zu pflegen. Es ist gar nicht so leicht, "einfach" zu vergessen, wie sehr mich deine Umarmungen berührt haben.

Es ist gar nicht so leicht, "einfach" zu verdrängen, wie köstlich deine Küsse geschmeckt haben. Es ist gar nicht so leicht, "einfach" zu akzeptieren, dass wir kein Paar mehr sind.

Gebe mir den Mut mich zu bewegen

Mich zu rühren & auch mal zu atmen, sind's doch nächtelange Gedankenspiele, die wie Schlingen mich ersticken, regungslos gefesselt hängen lassen. Mir wird gar schwarz oder weiß oder rot, vor Augen was sind schon Farben? Dumpf hallen stumme Stimmen in meinem Kopf, Schreie ersticken tief unten, höher als der Magen wird's kaum sein. Gebe mir den Mut mich zu bewegen, mich zu rühren & auch mal zu atmen, sind's doch nächtelange Gedankenspiele, die wie Schlingen mich ersticken, regungslos gefesselt hängen lassen. Träumen hab ich mir verboten würde sie, ja doch sofort leugnen, bedenken & verlieren. Tonnenschwere Augenlieder, blinde Löcher starren, in fiktive Himmelsdecken ohne Wärme. Gebe mir den Mut mich zu bewegen, zu träumen von schwarzen Schlingen, weißen Löchern & roten Decken.

Nächtelange Gedankenspiele, tonnenschwerer Kopf bedenkt, bis der Magen dumpf reagiert. Gebe mir den Mut mich zu bewegen, stumme Schreie, auch mal atmen, nächtelange Gedankenspiele, Träume schlingen & verlieren. Gebe mir den Mut mich zu verlieren, nächtelange Gedankenschreie, höher hängen, regungslos & starren aus blinden Augenliedern.

Ich tauchte ab & da war vorerst nichts

Nichts in einer unglaublichen Vielfalt von Etwas, diszipliniertes Chaos in einer wundervollen Ordnung, von magischer Hand sortiert, von einem schlagenden Herzen erwählt. Ich sah mich um, versuchte zu erkennen, meine Augen zu schärfen, nein besser den Verstand. Strebte nach Orientierung. Kann das Gehirn helfen? Langsam tastete ich mich vorwärts, strich sanft Knäuel aus bunter Emotion zur Seite, die mich wie zarte Spinnweben berührten, meine Erinnerung streifen wollten. Kurz verlor ich die Klarsicht & war doch geborgen. Das Land schien unbekannt, aber vertraut. Fremde Heimat, naher ferner Ort. Sehnsucht. Ankunft. Nichts war nie.

Nichts ist nie, es ist immer ein Etwas, lebendiges, neugieriges, atmendes. Ich tauchte ab & fand mich.

Winternacht

Allein gehe ich durch den Abend, allein durch den Schnee. Allein mit meinen Gedanken, allein, soweit ich sehe kann. Leicht fallen weiche Flocken, leicht wiegt der Wald im Wind, leicht ist mein Herz. Die Seele, leuchten in meinen Träumen, frei wie ein Kind, ich gehe mit dir gemeinsam, gemeinsam durch die Nacht. Ich spüre deine Seele, ich spüre deine Liebe.

Weißt du?

Wie es ist, deine Nähe zu sehen & deine Ferne zu spüren? Weißt du, wie es ist, deine Stimme zu hören & zu wissen, dass man deinen Worten keinen Glauben schenken kann? Weißt du, wie es ist, deine Körperlänge zu sehen & zu wissen, dass man sie fälschlicherweise als Größe ansieht? Weißt du, wie es ist, wenn man dir die Hand wieder & wieder reicht & du sie wieder & wieder fortschlägst? Weißt du es? Nein?

Dann weißt du auch nicht, wie es ist, wenn die Liebe verschmäht, gedemütigt & getötet wird. Dann weißt du nichts!

Herzschlag

Mein Herz es schlägt, schlägt schnell für dich, da du's bewegst, nun so an sich, du es berührst & voll einnimmst, es sehr wohl führst, ihm Freude bringst, mit deinem Leben & deiner Ansicht. Was deinem Wesen so ganz entspricht, ist ein guter Quell der durch dich lebt. Wodurch nun schnell mein Herz so schlägt, wo ein Gefühl ist, tief drinnen in mir, mein Herz es spricht, es gehört nur dir.

Die glücklichsten Menschen der Welt

Sind nicht die, die keine Sorgen haben, sondern die, die gelernt haben mit allen Dingen positiv zu leben, die alles andere als perfekt sind. Das sind Menschen, die sich an den kleinen Dingen des Alltags erfreuen. Die täglich an sich & ihrer Situation arbeiten, damit es besser werden kann & in allem Negativen das Positive erkennen.

Die nicht verlernt haben zu lachen, zu lieben, zu leben, zu träumen, zu glauben, zu hoffen & zu kämpfen.

(Wann) finde ich meines Weges Wegweiser?

Wenn ich des Morgens aufstehe & meine Gedanken sortiere, frage ich mich des Öfteren, wohin eigentlich ich mich orientiere. Wieso mit dem Strom der Eile mitziehen, wozu sich bemühen & stets zur Stelle sein, ist man des Endes nicht doch allein? Ist jedes Leben des Lebens wert? Was, wenn es niemand je erfährt? Das Beste daraus machen, verspricht auch keine guten Sachen. Ist Schicksal oder Zufall des Lebens Spielleiter? Machte es einen Unterschied? Wären wir nicht weiterhin traurig & heiter? Wäre die Essenz deines Lebens dir vorbestimmt oder gegeben, wohin jeweils würdest du dich bewegen? Ist es nicht derselbe Weg, der dir bevorsteht?

Unsicherheit

Weiß nicht was der Kopf will, weiß nicht was die Menschheit will. Was willst du? Was wird durch Worte ausgedrückt, Gefühle? Sage mir was du fühlst. Der Wille ist ein starkes Spiel, setze ihn um, zeige was du willst, das ist es doch was du willst, oder? Was willst du? Liebe? Liebe ist bunt & vermischt, es ist so gedacht. Verwirrung gehört dazu, bloß von wem? Ich ertränke mich in meinen eigenen Gefühlen. Weiß nicht wozu, wollen wir das?

Verloren in dir

Ja, ich bin verloren in dir, kein Funke mehr von mir. Habe mich mein selbst verloren, nur noch du in all meinen Poren. Jeder Gedanke dreht sich um dich, schließe ich die Augen, sehe ich nur dein Gesicht. Jeder Tag ist wie ein Versprechen & ich würde es niemals brechen. Werde bei dir sein, Tag wie Nacht, dich beschützen mit all meiner Macht. Dir werde ich einfach alles geben, wenn es sein muss sogar mein eigenes Leben. Denn so sollte Liebe sein, nur du & ich, wir gehören uns ganz allein.

In der Ferne scheint so schön

Die Heimat in vertrauten Farben, der Himmel kälter, die Sprache fremd, ein neuer Ort, ein anderes Leben. Ein schönes Wort, ein buntes Bild, es zu entdecken, erleben, betrachten, ganz zu sehen in seiner vollen Andersheit, in der eignen Wirklichkeit, von Zuhause zwar so verschieden aber trotzdem wert zu lieben. In der Ferne strahlt so hell, der fremde Stern auf dunklem Grund.

Vorne

Du sitzt vorne & niemand denkt sich etwas dabei, doch du machst es mit Absicht, denn du beobachtest gerne. Fragst dich, wohin die einzelnen Personen wollen & warum. Durch Telefonate, die sie führen, erkennst du, was für Personen sie sind. Bei Gruppen hörst du den Gesprächen zu, denn du beobachtest gerne. Du findest viel heraus in einer so kurzer Zeit. Doch du bist unscheinbar & keiner beachtet dich. Du guckst dir die Personen an & überlegst, was für einen Charakter sie haben, denn du beobachtest gerne. Du kannst jede Person genau sehen, wenn sie hineinkommt, denn du sitzt vorne.

Du hast den Überblick über den ganzen verseuchten Raum, in dem jeder ein Geheimnis hat & fragst dich, was sie verstecken, denn du beobachtest gerne. Manchmal fragst du dich, ob sie dich auch beobachten & sehen was für eine Person du bist. Vielleicht denken sie sich auch nichts dabei, doch es gibt Personen, die dich durchschauen. Sie erkennen dein Leid, wenn sie vorne an dir vorbeigehen, denn sie beobachten gerne. Doch wenn die Personen lachen fragst du dich, ob sie wirklich glücklich sind oder es nur vorspielen & wenn sie zu Hause sind einfach nur weinen. Vorne erfährst du so viel, denn du beobachtest gerne. Du sitzt nicht immer vorne, manchmal auch mit Freunden. Dann redet ihr & andere hören euch zu, sie erfahren so viel. Denn sie beobachten gerne. Dann wenn du Vorne verlässt, gehst du mit neuem Wissen & schaust zurück in dem Raum voller Geheimnisse.

Nähe

Wenn die Liebe sich mit der Angst vermischt, das Vertrauen ganz langsam erlischt, die Nähe dich in Panik versetzt dann ist dein Herz leider schon besetzt. Die Angst hat es an sich gerissen, denn sie hat wirklich gar kein Gewissen, sie schleicht sich lautlos heran & du weißt nicht mehr wie es begann. Du glaubst es ist immer schon so gewesen, kaufst Bücher, willst alles darüber lesen, kannst keine Lösung darin finden. Willst es auch keinem auf die Nase binden, die Angst, sie ist schwer zu besiegen, aber lasse dich nicht mehr belügen & verschwende keine Gedanken mehr an diese Macht, kämpfe wenn es sein muss, Tag & Nacht

Eine unsichtbare Tür

Ist ganz sicher auch in dir & bemühst du dich, findest du sie sicherlich & findest du auch noch den berühmten „Knopf". Öffnet sie sich dann beginnen Träume zu leben, in deinem Kopf & schreitest du mutig hinein dann kann es, ein neuer Anfang sein, indem du deine Träume lebst.

Mit denen du dich in den Himmel hebst denn Träume zu leben, ist gar nicht so schwer, für sie gibt keine Grenzen mehr. Das alles verbirgt sich hinter einer unsichtbaren Tür & das auch du sie findest, das wünsche ich dir.

Weiter

Erst wenn die Schatten verschwunden sind, erst wenn die Töne verklungen sind, erst wenn die Geister bezwungen sind geht das Leben weiter, selbst wenn die Worte erzwungen sind. Erst wenn die Kämpfe gerungen sind, erst wenn die Messen gesungen sind, erst wenn die Ängste gebunden sind geht das Leben weiter, selbst wenn die Seelen geschunden sind. Obwohl das Licht erloschen scheint & der ganze Körper weint, obwohl man keinen Ausweg meint & nirgendwo mehr Hoffnung keimt, das Leben, es geht weiter.

Toleranz

Wir sind so offen, so tolerant, Vorurteile sind uns unbekannt, so vieles hier wird anerkannt. Lasst uns nicht tanzen im Regen, das kühle Nass passt nicht zu der eleganten Art wie wir leben. Komm wir baden lieber in prächtiger Arroganz & schäumender Ignoranz. Wir sind nicht oberflächlich, wir denken nur gerne sächlich. Der Mensch ist uns leider viel zu komplex, weshalb wir ihn in Säulen & Balken hineinsetzen, leidenschaftlich in Kategorien quetschen, die wir nicht mit Namen versehen, sondern auf nichtige Nummern reduzieren, sodass sich die Persönlichkeit beginnt in Prozenten zu präsentieren. Froh & fröhlich können wir die analysieren, das Menschliche apathisch aus den Augen verlieren, das ließe sich auch so schrecklich schwer akzeptieren.

Der Mensch

Ist nun mal, was er ist, ein Optimist oder Pessimist, der eine gibt gerne von Herzen, ein anderer kann es nicht verschmerzen, wenn die Welt in Ordnung ist, die Sorte nennt man Egoist.

Sie haben ständig was zu Nörgeln, verstehen es brillant zu quälen, sie machen es so hinten rum, nein, nein, die Spezies ist nicht dumm. Sie kümmert nur, was sie betrifft, klappt es nicht so, verstreut sie Gift in reinster Blüte fern von Mitleid oder Güte, sie fühlt ständig sich im Recht, geht`s anderen. Dabei noch so schlecht, interessiert sie nicht die Bohne, niederträchtig & ganz ohne Mitleid, Takt, Gewissensbisse. Gänzlich ohne Kompromisse, setzt sie sich für sich selbst in Szene. Ach, bevor ich es erwähne, schaue in den Spiegel, sieh dich an, frage dich mal, was ich ändern kann, ein Augenblick ist ein Stück Leben. Du kannst nehmen, du kannst geben, auf die Gewichtung kommt es an, dazugelernt hat, wer das kann.

In der Ecke

Ich falle, doch ich komm nicht an, ich falle, doch kein Ende ist in Sicht, ich falle, doch nichts fängt mich auf, ich falle, doch das ist nicht was ich brauche. Ich will lieben, ich will fühlen, ich will frei sein, ich will fliegen! Kann's kaum mehr ertragen, drohe zu ersticken, in dieser Flut von Emotionen das macht mich krank, macht mich verrückt, macht mich kaputt.

Warum hört es nicht auf? Ich will es doch so sehr. Wie viel Kraft muss ich noch verbrauchen? Sag mir wie weit ist es noch? Wie lange muss ich's noch ertragen? Nichts macht mehr Sinn, nichts macht mehr Freude, nichts fühlt sich noch richtig an. Ich könnte platzen & gleichzeitig fühle ich mich so leer, so einsam, so unverstanden, dabei ist alles was ich will doch lieben, frei sein, fliegen. Wer kann mir sagen, wer kann mir helfen, wer kann mir Halt geben es zu schaffen. Ich halte es nicht mehr aus, will einfach nur ich selbst sein.

Zu viele

Die sagen, was wir sollen, zu wenig, die fragen, was wir wollen. Zu viele, die uns Grenzen setzen, zu wenig Raum sie zu versetzen. Zu viele, die uns in Fesseln legen, zu wenig bereit sich zu erheben. Zu viele Dinge, die wir fürchten, zu wenig Licht um uns zu leuchten. Zu oft die Träume aufgegeben, zu selten dran gedacht zu leben, zu viele, die am Limit leben, zu wenig, die dort Hilfe geben. Zu viele, die nach Neuem schreien, zu wenig wollen Helden sein, zu viele, die große Worte bringen, zu wenig.

Die für Hoffnung singen, zu viele Kämpfe auf dieser Welt, zu wenig, was uns zusammenhält, zu viele Taten ungesühnt. Zu wenig Recht sind wir gewöhnt, zu oft den Tod, zu nah gesehen, zu selten weiße Fahnen wehen.

Angst

Die Träume so viel, die Hoffnung so hoch, doch mit jedem neuen Ziel wächst die Angst überlebensgroß. Bin ich zu sehr Optimist darauf zu hoffen? Ist es Utopie? Oder zu sehr Pessimist daran zu zweifeln? Ist es Zukunft? Je größer der Wunsch umso kleiner die Chance? Oder ist ein derart Gleichnis zu vermessen? Je höher der Blick, Desto tiefer der Fall? Soll ich die Träume gleich vollends vergessen? Ohne Wille, Wunsch & Ziel. Gehört zum Leben wahrlich nicht viel, aber die Enttäuschung bleibt erspart, es macht das Leben weniger hart. So frag ich, lohnen sich für mich Visionen? Oder sind alles nur hohle Illusionen? Folgt dem Höhenflug der Sturz? Ist das Leben zum Träumen zu kurz? Die Furcht vorm Versagen, lässt mich verzagen lässt mich warten, lässt mich zittern, lässt mich weinen. Ich habe Angst.

Zeit

Die Monate gehen, die Tage verstreichen, die Stunden sehen wie die Minuten sich gleichen. Das, die Gefühle ziehen ohne verstanden zu werden, Träume entfliehen ohne verwirklicht zu werden. Die Sorgen tauschen ohne vergessen zu werden. Die Probleme rauschen ohne gelöst zu werden, die Hoffnung immer in die Zukunft gesetzt. Die Wünsche immer auf später verwiesen, Pläne immer weiter gehetzt, stattdessen immer das Alte gepriesen. So gehen die Jahre, so weichen die Stunden, so sehen die Tage, es verbleichen Sekunden.

Lebst du schon?

Zählst du noch die Tage oder lebst du schon? Lebst du schon die Träume von damals wie funkelnder Tau im Morgenlicht & vom Wind bewegt, träumst du noch? Träumst du noch von anderen Zeiten, siehst du auch die Jahre aufblühen in deiner Hand, spürst du den Atem der Zeit, atmest du frei? Atmest du frei, das Glück die Worte ein & aus im Pulsschlag des, Augenblicks, glaubst du noch an all die Wunder deines Lebens, lebst du schon?

Manchmal

Ist alles vergebens, manchmal ist alles verloren, manchmal ist alles verschwendet, manchmal ist alles verdorben doch heute ist alles anders. Manchmal ist alles ungerecht, manchmal ist alles unnahbar, manchmal ist alles unerträglich, ist alles unsagbar, doch heute ist alles anders. Manchmal ist alles, einfach wie es ist, manchmal ist alles, wie es nicht wie es sein soll, manchmal ist alles, wie befürchtet, manchmal ist alles einfach unheilvoll. Aber heute ist es das alles nicht, denn heute bist du bei mir & morgen ist es das alles nicht denn morgen bist du bei mir. Für immer ist es das alles nicht, denn für immer bist du bei mir dann ist manchmal nur noch eine schlechte Erinnerung.

Das Leben

Fühle mich erschöpft & komplett leer, treibe allein auf dem weiten Meer, dem tiefen Meer der Müdigkeit, sehe kein Land weit & breit. Zittere stark am ganzen Körper, höre im Kopf nur hohle Wörter, die nagenden Wörter der Unsicherheit, bin immer noch nicht für sie bereit.

Suche nach Wolken über mir doch finde nur grauen Himmel hier, der große Himmel der Traurigkeit, niemand da der mich von hier befreit. Hebe den Blick in die Höhe hinauf, nehme den kalten Wind in Kauf, der eisige Wind der Einsamkeit, raubt mein Gefühl von Raum & Zeit .Ich will ihr entfliehen der Müdigkeit, will sie verjagen die Unsicherheit, Ich will mich verstecken vor der Traurigkeit. Ich will mich wehren gegen die Einsamkeit, will wieder sicher durchs Leben gehen, will auf festem Boden stehen, will voller Hoffnung in die Zukunft sehen, will alle Proben des Schicksals bestehen. Doch die Tage vergehen & ich kann es sehen: Die Leere fühlen, am Körper zittern, nach Wolken suchen, den Blick erhebt, all das gehört zu unserem Leben.

Sorgen

Sie streifen umher, rastlos & schwer, schweigend & unerkannt, gleiten entlang an jeder Wand. Vertrieben vom Licht in ihre eigene Welt haben sie sich zusammen gesellt. Beherrschen ein Reich voller Dunkelheit, verweilen dort von Zeit zu Zeit. Mal riesig, mal winzig klein, schüchtern sie jeden Menschen ein.

Umkreisen uns, bedrohlich groß, lassen uns lange nicht mehr los. Sie bringen den Schmerz auch tief in mein Herz. Sähen überall nur Furcht & Leid & schaffen nagende Unsicherheit. Sie ziehen wie Schatten über unser Gesicht. Wir sehen sie kommen, doch wehren uns nicht. Übermannt von der Angst, von Zweifeln erfüllt, werden wir von ihren Geistern umhüllt. Nur das Vertrauen kann sie verscheuchen & ihre Welt mit Freude ausleuchten. Mut & Hoffnung kann sie besiegen, damit unsere Gedanken wieder frei fliegen.

Tausend Ängste

Wo sind sie, die tausend Antworten auf die tausend Fragen? Wo sind sie, die tausend Perspektiven für die tausend Probleme? Was kann ich tun? Wie kann ich's schaffen? Wann kann ich ruhen? Wie kann ich's machen? Niemand kennt morgen, niemand weiß Rat. Für keine Sorgen, für keine Tat. So stehen wir allein, so sehen wir nach vorn, sind viel zu klein, sind voller Zorn. Die Welt ist zu weit, das Leben zu bunt, wir brauchen mehr Zeit, brauchen festen Grund. Wer hilft mir hier? Wie komme ich dorthin? Was ist mit dir?

Wo liegt der Sinn? Wo sind sie, die tausend Lösungen für die tausend Rätsel? Wo sind sie, die tausend Auswege aus den tausend Ängsten?

Eine Träne der Zeit

Du hast Träume, wie so viele auf der Welt, ein melancholisches Gefühl, das dich gefangen hält. Es geschieht immer dann, wenn die Dunkelheit beginnt & der Herbstwind dir ein Lied singt. Dein Herz ist schwer, dein Leben einsam & leer. Deine Sehnsucht führt dich in eine ferne Welt, eine Welt, in der Jeder noch zu Jedem hält. „Du sollst deinen Nächsten lieben" doch niemand hat diesen Worten, einen Sinn je gegeben. Ganz leise hörst du das Rauschen der Bäume, eine verträumte Melodie zieht durch Zeit & Räume. Am Fenster wandert die Welt ruhig vorbei, dein Leben aber, es bricht entzwei. Deine Sehnsucht wird immer größer in deiner Einsamkeit dein Blick aber ist leer, das Feuer des Lebens erlischt in dir. Eine kleine Träne rinnt dir über das Gesicht doch im Spiegel der Zeit merkst du es nicht. Noch viele Tränen werden in deinem Leben fließen & viele Blumen am Wegesrand blühen.

Wenn die Liebe Schatten wirft

Fühle mich verloren, fühle mich allein, schließe mich zu oft in eine Traumwelt ein, wo Farben gleich des Meeres Sand, so gleißend buntes Glück mir formt. Dort wo die Arme mich umfangen & die Gedanken freudenschwer hangen reicht sie mir lächelnd seine Hand, ergreift & hält mich ohne Zögern, in meinem Kopf da hält sie Wort, redet meine Sorgen fort. Es könnte sein, dass sie es fand, mag sogleich mein Herz mir rufen. Er liebt mich doch, so träum ich dann & weiß schon hiervor zu gewiss dass alles nur ein Trugbild ist. Der Zwiespalt mich am stärksten trifft, jeden Morgen. Wenn mein Herz noch Träume spinnt, mein Kopf doch schon nach Wahrheit ruft. Was hat mir er also gebracht, sein Kuss den ich so lang ersehnte? Der Blume Blüten werden welk, wenn die Liebe Schatten wirft.

Ich falle

Doch ich komm nicht an. Ich falle, doch kein Ende ist in Sicht. Ich falle, doch nichts fängt mich auf. Ich falle, doch das ist nicht was ich brauch. Ich will lieben, ich will fühlen, ich will frei sein, ich will fliegen.

Kann's kaum mehr ertragen, drohe zu ersticken. In dieser Flut von Emotionen. Macht mich krank, macht mich verrückt, macht mich kaputt. Warum hört es nicht auf? Ich will es doch so sehr. Wie viel Kraft muss ich noch verbrauchen? Sag mir wie weit ist es noch? Wie lange muss ich's noch ertragen? Nichts macht mehr Sinn. Nichts macht mehr Freude. Nichts fühlt sich noch richtig an. Ich könnte platzen & gleichzeitig fühle ich mich so leer, so einsam, so unverstanden. Dabei ist alles was ich will doch lieben, frei sein, fliegen. Wer kann mir sagen, wer kann mir helfen, wer kann mir Halt geben es zu schaffen. Ich halte es nicht mehr aus, will einfach nur ich selbst sein.

Was soll ich tun

Wenn meine Fragen mich ständig & stets in Frage stellen? Wo soll ich suchen, wenn an solchen Tagen soll ich für mich Entscheidungen fällen? Was soll ich tun mit dem ganzen Wissen, was ich tagtäglich vermittelt bekomme? Es stopft & stopft, stellt neue Fragen, doch die Antworten bleiben verschwommen.

Diese Unzufriedenheit in mir veranlasst mich dazu, in mir selber zu suchen um die Antwort zu finden, in deren Klarheit, ich finde Ruh. Seit diesem Zeitpunkt beobachte ich mich, egal, was ich gerade tue. Lerne erkennen, lerne erfahren & schrieb dieses Buch dazu. Diese Gedichte stellen mir Fragen, ohne mich zu binden. Die Antwort dazu in mir selber liegt, erkennen sie, heißt es zu finden. Dieses Buch, das sind nur Worte, schwarz auf weiß geschrieben. Das Leben aber, unbeschreiblich schön, ist so, wie wir es lieben. Das Leben ist wie eine Lehre, in die ich mich habe begeben; das Lernziel dieser Lehre heißt: "Erkenne dich & dein Leben."

Das Leben ist nicht immer leicht

Du kannst es tragisch nehmen oder sagen, es reicht, es hängt auch viel von deiner Stimmung ab, ob es gerade bergauf geht oder vielleicht bergab. Es kann von einem einzigen Wort abhängen, das kannst du einfach nicht mehr verdrängen. Es geistert in deinem Kopf herum, du zermarterst dich & fragst warum, wieso kann ich keine Lösung finden.

Du grübelst, dass dir die Sinne schwinden, hast das Gefühl, es zieht dich immer weiter runter, möchtest dich wehren, doch es wird immer noch bunter. Bist du ganz unten gelandet & siehst sehnsüchtig hinauf, denkst dir, auf diesen Gipfel will ich auch wieder rauf, packst dich selber am Schopf & ziehst dich hoch. Das dauert eine Weile, denn zu tief ist dein Loch, aus dem du dich wieder befreien musst, der Anfang ist gemacht, das ist dir bewusst. Du gibst deine ganze Kraft & kämpfst dich empor, denn du stehst deinem Ziel schon ganz nahe davor, kannst das Gipfelkreuz schon sehen. Der Himmel wird heller, du spürst den Wind schon wehen, hebst deinen Blick & schaust nicht mehr zurück. Vor dir liegt nur mehr ein ganz kleines Stück, das dich wieder auf die Sonnenseite des Lebens bringt, ja ich bin sicher, dass dir das gelingt.

Einsamkeit

Wenn am Himmel Wolken ziehen, als wollten sie vor allem fliehen, am Horizont die Sonne weicht, hat sie denn nie ihr Ziel erreicht? Die Rose, die für dich bestimmt, in der Vase in der sie schnell verwelkt & dieser Eindruck entstehen mir, dass alles viel zu schnell geht.

Spät abends, in der Nacht, wenn ich plötzlich aufgewacht & der Traum brennt in der Seele, mit dem ich mich so lange quäle. Ach was könnte Wolken schweben, Sonnenstrahlen erleben, Blumen unaufhörlich blühen, die Nächte mir die Seele kühlen. Könntest du in meiner Nähe sein, dann wäre ich nicht so allein, die Einsamkeit, so wahr es ist, die Seele unaufhaltsam frisst.

Wenn nur du dir gefällst

So viele wollen glücklich sein, die große Liebe finden, sie warten darauf, von vorn herein, sich mal an wen zu binden. Sie wollen diese Zeit umgehen die sie alleine sind, wollen einfach diese überstehen bis neue bald beginnt. Doch wie soll man denn glücklich sein, mit einem andern Menschen, wenn man nicht mit sich selbst im Reinen, wie soll man Liebe wünschen? Dass man wen anders liebt & ehrt, wie man's bei sich nicht kann? Ist Einsamkeit denn so verkehrt, dass man danach verlangt? Man muss alleine glücklich sein, vergiss dies bitte nie, um jemand anders Mensch zu sein; für Liebesharmonie. Denn wenn du nur wen küssen magst, um nicht allein zu sein, dann sei nicht böse, wenn ich dir sag:

Das wird dich nicht befreien. Die Liebe, ja, man findet sie nicht wegen einem selbst, sie sucht dich schon, mit Garantie, wenn du dir nur gefällst. Die Liebe, sie ist so viel mehr als nicht allein zu sein, ein tiefes Geheimnis, alt & schwer, so hart & doch so rein.

Was einem am meisten wert ist.

Hey du hattest noch nie ein Lied für dich? Hier bekommst du eins, nur für dich. Ich traute mich zuerst nicht es dir zu sagen, aber der Status ist an dich, du konntest nicht aufhören zu fragen. Deshalb ist es raus, dass mein Herz für dich schlägt, mal schnell & mal langsam, Hauptsache es schlägt. Es ist ein tolles Gefühl dein Grinsen zu sehen, ein noch schöneres gemeinsam mit dir einen Weg zu gehen, aber da ist immer wieder diese Frage, kaum zu glauben. Diese Frage, die mir schwer fällt, man kann nicht davonlaufen, ich kann sie auch nicht stellen, weil ich weiß zu was das führt. Deshalb lass ich es sein, auch wenn es mein Herz berührt, was ich dir mit diesem Track & dieser Melodie sagen möchte. Dass ich nicht aufhören kann an dich zu denken & bei dir einschlafen möchte.

Ich weiß es ist komisch das zu hören, vor allem für dich, weil ich weiß, mein Herz schlägt für dich, aber deins nicht für mich. Was soll ich sagen, so ist diese Liebe halt, immer zu hoffen & zu denken „hoffentlich finde ich sie bald". Ja mein Herz das meint diese große Liebe, diese große Liebe die man sucht, es tut weh wie tausend Hiebe. Tausend hiebe die man einstecken will, nur um eins zu erreichen. Die Liebe für sich haben & der Liebe seine eigene Hand reichen. Diese Hand die verbindet, die zusammen hält was sich liebt, ohne gleich zu denken das man was verschiebt. Ich weiß nicht, was diese Worte von mir erwarten, doch mein Herz weiß es, es heißt diesmal einfach mal nur abwarten. Abwarten auf das, was kommt, wovor man selbst Angst hat. Worauf man sich aber auch freut, wenn man was in der Hand hat. Ich hoffe, dir gefällt dieses Lied, es soll dir einfach heute zeigen, wie viel wert du mir bist.

Gedanken an Dich

Hoffnungen erwärmen die Kälte des Tages, ein Lächeln, strahlend weit in die Welt. Erinnerungen lachen ständig fröhlich frei, dabei musst du aufwachen, nur kurz aufraffen. Der Weg ist ganz nah, viele Herzen sind da, die dich begleiten. Komm`, lass uns nicht warten, dieser Tag ist nicht jetzt. Es bedarf nie Wunder zur Wirklichkeit.

Hinweg über dieses Gefühl

Siehst du diese eine Träne in meinem Auge? Siehst du diesen Schmerz in meinem Auge? Diesen Schmerz, den ich jeden Tag ertragen muss, jeder Tag war besonders, vor allem dieser eine Kuss. Wenn es nur leicht wär alles zu vergessen; deine Stimme, deine Lippen, deinen Atem werde ich nie vergessen. Egal, wie es zu Ende gehen wird, du bist der Mensch, der für immer in meinem Herzen bleiben wird. Egal was zwischen uns beiden ist, wenn du wüsstest, wie wichtig du für mich bist. Dann wüsstest du, warum ich diese eine Träne weine, dann wüsstest du, dass ich wegen dir weine, wenn ich an die schönen Zeiten mit dir denke.

Es ist so, als ob ich dir mein Herz schenke, als ob ich alles um mich herum vergesse. Du wirst immer in mir sein. Ich werde dich nie vergessen, jeden Tag, an dem ich bei dir steh`, ist ein Tag, an dem ich an dich denke. Es tut so weh, wenn du in meiner Nähe bist. Ich weiß nie, was eigentlich los ist, ich komme nie hinweg über dieses Gefühl. Es ist schön, wenn ich deine Hände fühle. Man vergisst, was um einen herum passiert, es ist, wie wenn man eine Million kassiert. Nein, es ist nicht leicht, hinweg zu kommen über dieses Gefühl, es ist nicht einfach zu wissen, was du über mich fühlst. Siehst du diese eine Träne in meinem Auge? Sie ist für dich, du kannst es mir glauben, es vergeht kein Tag an dem ich nicht an dich denke, egal, wo ich bin, oder mit was ich mich ablenke. Ich zeige meine Gefühle nie nach außen, manchmal wünsche ich mir, ich wär` bei dir da draußen. Wenn ich zu dir sage „ich liebe dich", ist es nicht gelogen. Ich liebe dich immer, ich kann nicht mehr, wurde ich betrogen?! Jeden Tag dieses Gefühl der Liebe, jeder Gedanke, wenn ich bei dir liege. Ich werde sie nie vergessen, diese schönen Momente, die ganzen schönen Tage, diese Komplimente.

Ja, verdammt, ich hänge noch an dir, doch was soll ich nur machen? Bitte sage es mir. Ich vermisse deine Lippen, deine Nähe, deinen Atem, ohne dich ist es schwer, wie ein Leben ohne zu atmen, ohne dich ein Leben zu leben? Wohin soll das nur führen? Keiner weiß, wie ich über dich denke, lass` mich auch von keinem lenken, keiner weiß, was ich über dich fühle, doch was ich fühle, das sind echte Gefühle. Bitte lass` mich noch ein Wort sagen bevor es zu Ende ist: Ich will sagen, dass du der wichtigste Mensch in meinem Leben bist!

Welt verstehen?

Soll ich mein Leben leben, oder soll ich mich daran versuchen, herauszufinden, was es mit dem Leben auf sich hat? Erforschen, warum was wie ist; ist es das, was ich falsch mache? Alles zu hinterfragen. Ist es eigentlich doch unwichtig zu wissen: „Wieso?" Vielleicht sind es auch nur die Menschen, die sich diese Fragen stellen, die unglücklich sind. Sie können sich nicht fallen lassen, ihre Gedanken lassen sie einfach nicht. Sie können es nicht zulassen. Der Mensch kann es nicht erklären, weil er viel zu kurz lebt.

Versuch` mal, einer Eintagsfliege den Unterschied zwischen Sommer & Winter zu erklären; sie könnte es niemals verstehen. Für jede einzelne Mücke geht jeden Herbst die Welt unter. Kann sie wirklich glücklich sein? Nein, kann sie nicht, wird sie vermutlich niemals können. Sind es wirklich unsere Gedanken, die uns das Leben verwehren? Ich weiß es nicht, versuche die Welt zu verstehen, doch ich kann es nicht. Werde ich es jemals schaffen? Ich glaube nicht. Warum lebt man? Nur, um zu sterben? Warum ist man glücklich? Nur, um enttäuscht zu werden? Oder bin ich zu dumm, um die Welt zu verstehen? Ich weiß es nicht. Warum gibt es so viel Rassismus & Hass auf der Welt, wenn doch jeder nur von Liebe spricht? Jeder spricht von Frieden, so schmieden sie insgeheim doch die nächsten Intrigen. Wann bricht der nächste Krieg aus, der mich auch betrifft? Ich warte nur drauf. Irgendwann wird es wohl soweit sein. Werden Tiere weiter gezüchtet werden, um ihr Leben lang zu leiden, nur um dann gegessen zu werden? Kann man den Menschen, die leiden, nicht helfen, oder ist es nur allen egal?

Ist es fair, dass ein Schauspieler oder ein Sänger eine Millionengage erhält, während Kinder in den Slums dieser Welt sich zu Tode arbeiten müssen? Nein, es ist nicht fair. Wenn einem das klar wird, dann weiß man auch, dass die Welt nicht schön, nicht gerecht ist. Wollen andere Menschen nicht sehen, was ich sehe, oder ist es ihnen einfach egal? Interessieren sie sich wirklich so für sich selbst, dass sie das Leid in der Gesellschaft nicht sehen? Sind zu beschäftigt damit, in ihrem Geld zu schwimmen? Aber manche reichen Menschen sind Wohltäter, vielleicht nur für den guten Ruf? Ist das wahrscheinlicher, als dass sie sich doch einmal in ihrem Leben für andere Menschen interessieren? Ich denke schon. Ein Mensch ist Egoist, nur der Stärkere überlebt. Braucht man die Eigenschaft der Menschenfreude heute überhaupt noch? Oder vielleicht läuft auch irgendetwas mit mir schief, dass ich überhaupt an andere Menschen denke? Obwohl es davon Mehrere gibt & trotzdem sind es nicht viele & noch lange nicht genug. Ich verstehe nicht, wie Leute sich einen Pool kaufen können, wenn sie für das gleiche Geld ein oder mehrere Leben retten könnten.

Wie können sie das nur mit ihrem Gewissen vereinbaren? Ich weiß es nicht. Ich verstehe diese Leute auch nicht, ich kann nicht begreifen, wie man so ignorant sein kann.

Nur mit dir

Ich teile sie nur mit dir, meinen Körper, meine Seele, meine Emotionen. Wenn du mich kennst, dann weißt du es. Du weißt, dass es Licht & Schatten sein kann. Das größte Geschenk & gleichzeitig nichts, nichts & Alles, nur für dich. Ich teile meine Freude, jedes Schmunzeln, jedes Lächeln, jedes Lachen & ich schenke dir mein Glück. Weil du für mich wie meine Sonne bist, die Euphorie, die nur dir gehört, nur für dich. Ich teile meine Trauer, jede Sorge, jedes Problem, jede Träne & ich schenke dir meine Ängste. Weil du für mich wie ein Schutzschild bist, das Vertrauen, das nur dir gehört, nur für dich. Ich teile meine Wut, jeden Schrei, jede Enttäuschung, jeden Ärger & ich schenke dir meinen Zorn. Weil jede Rose seine Dornen hat & auch ich eine von ihnen bin, eine Rose, die nur dir gehört, nur für dich. Ob du's glaubst oder nicht, das ist das, was ich Liebe nenne, alles mit dir zu teilen. Sei es gut oder schlecht.

Denn ich möchte „Alles" für dich hergeben, die größten Geschenke & gleichzeitig nichts, nichts & alles, nur für dich.

Was ist Zuneigung?

Was ist Anerkennung? Ich war noch nie beliebt. Was ist Selbstvertrauen? Ich habe mich nie selbst geliebt, nur ein Mann, der sein Ende in die Hände des Schicksals legt. Der Preis zu hoch & die Schmerzen zu tief, weil ich Böses anzog, läuft mein Leben gerade schief, weil ich nie so sein wollte wie die Anderen. Nach außen hin ein Wrack, doch ein Diamant im Inneren. Nachts wach & ich höre den Wind durch die Bäume & meine Energie ist am Ende, leer sind die Vorratsräume. Sollte ich es dann doch schaffen, einmal zu träumen, dann hält sich das auch in Grenzen wie ein Haus mit Zäunen. Ich bin nah dran, die gesamte Kontrolle zu verlieren, aber ich werde weiterhin meine Ziele anvisieren, weiterhin auf dem geraden Wege marschieren.

Einsamkeit

Wenn man seine eigene Stimme nicht hört, ist es die Einsamkeit. Wenn man denkt, man gehört, ist es die Einsamkeit. Wenn das Licht uns nicht erhellt, ist es die Einsamkeit. Die Trauer uns überfällt, ist es die Einsamkeit, wenn die Liebe in uns erblasst, ist es die Einsamkeit. Wenn uns die Sehnsucht erfasst, ist es die Einsamkeit, die Ruhe nicht erwacht, ist es die Einsamkeit. Wenn die Stille uns auslacht, ist es die Einsamkeit, das Unheil uns plagt, ist es die Einsamkeit. Wenn die Eifersucht uns jagt, ist es die Einsamkeit. Wenn der Kopf uns zerfällt, ist es die Einsamkeit, wenn die Angst uns quält, ist es die Einsamkeit. Wenn du dein Herz nicht verstehst, ist es die Einsamkeit, du nachts im Bett alleine liegst, ist es die Einsamkeit. Wenn man die Umwelt vergisst, ist es die Einsamkeit, man keinen vermisst, ist es die Einsamkeit. Wenn mein Wille ist gespalten, ist es die Einsamkeit, meine Handlungen verhalten, ist es die Einsamkeit. Doch wenn mein Herz sich erhellt, nehme ich die Einsamkeit nicht wahr, dann scheint die Welt nicht gestellt, denn ich weiß, du bist da.

Ich weiß, dass dies nicht mein Zuhause ist, man sagt, wir seien wie die, die im Wasser schreien, nach Wasser vor Durst. Was haben sie, was haben wir uns angetan? In den seltenen Augenblicken der Stille fühle ich wie einfach es ist! Schon hat mich wieder der Strom erfasst – zerrt & zurrt schlimmer als zuvor. Der menschliche Geist, ein verrückter Affe, Maschine. Wer denkt in meinem Kopf? Ich! Ich?? Ich selbst, das kann nicht sein, tausend Stimmen verdecken mein Sein. Sehnsucht hat mich erfasst, heimzukehren, doch nur mehr der Hauch einer Erinnerung.

Das Leben ist nicht immer leicht

Du kannst es tragisch nehmen oder sagen, „es reicht", es hängt auch viel von deiner Stimmung ab, ob es gerade bergauf geht oder vielleicht bergab. Es kann von einem einzigen Wort abhängen, das kannst du einfach nicht mehr verdrängen. Es geistert in deinem Kopf herum, du zermarterst dich & fragst warum, wieso kann ich keine Lösung finden, du grübelst, dass dir die Sinne schwinden. Du hast das Gefühl, es zieht dich immer weiter runter, möchtest dich wehren, doch es wird immer noch bunter.

Bist du ganz unten gelandet & siehst sehnsüchtig hinauf, denkst dir, auf diesen Gipfel will ich auch wieder rauf, packst dich selbst am Schopf & ziehst dich hoch, das dauert eine Weile, denn zu tief ist dein Loch, aus dem du dich wieder befreien musst, der Anfang ist gemacht, das ist dir bewusst. Du gibst deine ganze Kraft & kämpfst dich empor, denn du stehst deinem Ziel schon ganz nahe davor, kannst das Gipfelkreuz schon sehen, der Himmel wird heller, du spürst den Wind schon wehen, hebst deinen Blick & schaust nicht mehr zurück. Denn vor dir liegt nur mehr ein ganz kleines Stück, das dich wieder auf die Sonnenseite des Lebens bringt, ja ich bin sicher, dass dir das gelingt.

Begegnung

Wir werden uns einmal begegnen, am Ende der Welt zur Nachtzeit, wenn die Hoffnung zu verschwinden beginnt, werden wir Liebesknoten flechten. Blumenkränze im Haar tragen an Tagen im Glück & Leid. Wir werden uns einmal begegnen & wir werden es nicht einmal wissen. Ohne Schmerzen wird das Leben fließen. Wie die Unendlichkeit werden unsere Blicke sich im Nichts auflösen, wir werden uns einmal begegnen, ohne uns wieder zu erkennen.

Innerer Kampf

Ich bin einsam & allein, muss es so weit gekommen sein? Komm & gib mir deine Hand. Siehst du, wo du dich hingebracht hast? Nun stehst du am Klippenrand! Sei für mich da, so wie es früher einmal war, lässt du dir helfen von mir? Ich stehe, egal was auch kommen mag, immer zu dir! Ich helfe dir, hab` nur Mut & nach einem langem Kampf & Weg wird alles gut.

Die Welt ist unbeständig

Woher ich das weiß ich lebe in ihr, Chaos, Lügen Machtkämpfe, niemand findet Ruhe. Mein Geist ist ungesättigt, woher ich das weiß - ich spüre die Gier. Lügen, Labern, Sachtexte, niemand findet Wahrheit. Mein Leben ist unvollständig. Woher ich das weiß - ich spüre es in mir, Menschen, Tiere, Freunde, Ängste, niemand bringt mir Klarheit. Ich lebe so ängstlich, woher ich das weiß - ich biete den Ängsten die Stirn. Ängste, Träume, wach, denken, niemand will auf ewiger Suche bleiben. Die Welt ist anfänglich. Woher ich das weiß? Ich sterbe in ihr, Nutzen, Zäune, Macht, Schenken, niemand fragt warum.

Was ist Zuneigung?

Ich wurde nie richtig geliebt, was ist die Anerkennung dafür? Ich war wohl noch nie so beliebt. Was ist Selbstvertrauen? Ich habe mich nie selbst geliebt, nur ein Junge, der sein Ende in die Hände des Schicksals legt. Der Preis zu hoch & die Schmerzen zu tief, weil ich wohl nur Negatives anzog, läuft mein Leben gerade schief.

Weil ich nie so sein wollte wie die Anderen, nach außen hin ein Wrack, doch ein Diamant im Inneren. Nachts wach & ich höre den Wind durch die Bäume & meine Energie ist am Ende, leer sind die Vorratsräume. Sollte ich es dann doch schaffen einmal zu träumen, dann hält sich das auch in Grenzen wie ein Haus mit Zäunen. Ich bin nah dran, die gesamte Kontrolle zu verlieren, denn ich bin dabei, meinen Körper mit Narben zu verzieren. Aber ich werde weiterhin mein Ziel anvisieren & weiterhin auf dem geraden Weg marschieren.

Mit dir

Wenn du da bist, wird mein Atem immer schneller, wenn du da bist, rast mein Herz wie wild, wenn du da bist, spielen meine Gedanken ganz verrückt, dann könnte ich explodieren vor Glück. Brauchst nichts zu tun, brauchst nichts zu sagen, einfach nur sein & das reicht mir vollkommen. Ich will dich tragen, dich stützen, dich spüren will, dich lieben, wenn ich mit dir zusammen bin, fühlt sich alles plötzlich richtig an, ich fühle mich sicher & geborgen, dann ist alles, was zählt das „Jetzt" & nicht das „Morgen".

Ich brauche nicht viel, nur deine Liebe, dass du mir zeigst, was ich dir bedeute, dann bleibe ich bei dir für immer, das verspreche ich dir. Gehe den Weg an deiner Seite & lasse dich nie mehr allein, denn zusammen ergibt doch endlich alles Sinn.

Gefühl & Verstand

„Du, Gefühl", fragt der Verstand, „wollen wir beide nicht Hand in Hand unseren Weg gemeinsam gehen?" „Oh ja", sagt das Gefühl, „das wäre schön". Der Verstand, hüpfend über Stock & Stein, das Gefühl stolpert hinten drein. „Ich kann nicht mehr", ruft das Gefühl, „sind wir denn noch immer nicht am Ziel?" „Nein, nein, noch lange nicht", sagt der Verstand & gibt dem Gefühl nicht mehr die Hand. Wir zwei sind zu verschieden, ich gehe voran, ich will siegen. Du bleibst vor jedem Blümchen stehen, lass mich alleine weiter gehen. Das Gefühl willigt ein, muss wohl so sein, bleibt noch eine Weile sitzen, außer Atem & rot vom Schwitzen & schaut dem Verstand noch lange nach. Bis er in der Ferne nur ganz schwach zu erkennen ist. Ob er mich jetzt wohl vergisst? Da legt der Verstand eine Pause ein, kehrt zurück:

Wir mögen wohl verschieden sein, doch rufst du „Stopp!" zur rechten Zeit, entfernen wir uns nicht zu weit. Gesagt, getan; doch ab & an; da vergisst das Gefühl zu rufen & der Verstand überspringt allein so manche Stufen.

Erfahrungen

Jetzt habe ich sie wieder; meine guten Gefühle, aus heiterem Himmel überraschte mich ein Streit, die Lösung lag eigentlich nicht weit. Ich habe lange Zeit nachgedacht & erst einmal Ordnung in meine Gedanken gebracht. Diese Sache war es gar nicht wert - so dramatisch zu werden. Erst richtig hinschauen, gut zuhören, um die Lage richtig zu klären, so könnte jeder Streit vermieden werden. Es ist so leicht, aus einer Mücke einen Elefanten zu machen, hinterher kann man doch nur lachen. Aus unliebsamen Erfahrungen kann ich lernen, um es in Zukunft nicht so weit kommen zu lassen, einen Fehler nicht ein zweites Mal zu machen.

Nachtspaziergänge

Stille breitet sich über die Dächer der Stadt, über die Felder hinaus. Stillstand & Bewegung, gleichgewichtige Regungen. Zahlen & Symbole verschwimmen am Schirmbild der Straßenbahn. Unbekannte Gesichter tummeln sich. Geräusche verschwinden wie ein Katzensprung ins Nichts. Jede Form entschwindet durch das grelle Morgenlicht. Zwischenräume einer Luftbrise streicheln meinen Arm. Vergessen & entblößt ziehe ich umher, Gedanken flattern, Worte kreisen, entleeren sich. Sehnsüchte eines zuckenden Körpers, Anblick fallender Herbstblätter. Kälte & Unmut, Ziellosigkeit & Bedrängnis befallen den Körper wie Schatten an den Wänden. Gegenstandslos vergehen die kargen Silhouetten meines Daseins.

Gefangen

Die Enge des Lebens, die mich an tausend Wände presst, die lautlose Enge, die einen ohne Worte verlassen. Unbeirrt zupfe ich hin & wieder mal im Sommer das Gras. Im Winter sickere ich schonungslos durch den Schnee, bis die Erde verblasst. Wankelmütig treibe ich am Ufer meiner Gedanken umher. Haltlos, maßlos, frage ich, bleibe ich stehen. Verschollen, benommen, ausgenommen. Anmutig verschwinde ich am Horizont wie purpurfarbene Knospen der Jugend. Lieblose Umsicht, zitterhafte Zuversicht. Nächtliches Beisammensein, 180 Grad Begrenztheit. Unermüdlich ermüdet kämpft, das unbefriedigte „Ich".

Meine Seele hat es eilig.

Ich habe meine Jahre gezählt & festgestellt, dass ich weniger Zeit habe, zu leben, als ich bisher gelebt habe. Ich fühle mich wie dieses Kind, das eine Schachtel Bonbons gewonnen hat: Die ersten essen sie mit Vergnügen, aber als es merkt, dass nur noch wenige übrig waren, begann es, sie wirklich zu genießen.

Ich habe keine Zeit für endlose Arbeiten (?), bei denen die Statuten, Regeln, Verfahren & internen Vorschriften die Regel waren, in dem Wissen, dass nichts erreicht wurde. Ich habe keine Zeit mehr, absurde Menschen zu ertragen, die ungeachtet ihres Alters nicht gewachsen sind. Ich habe keine Zeit mehr, mit Mittelmäßigkeit zu kämpfen. Ich will nicht in Gesprächen seines, in denen aufgeblasenen Egos aufmarschieren. Ich vertrage keine Manipulierer & Opportunisten. Mich stören die Neider, die versuchen, Fähigere in Verruf zu bringen, um sich ihrer Positionen, Talente & Erfolge zu bemächtigen. Meine Zeit ist zu kurz, um Überschriften zu diskutieren. Ich will das Wesentliche, denn meine Seele ist in Eile, ohne viele Süßigkeiten in der Packung. Ich möchte mit Menschen leben, die sehr menschlich sind. Menschen, die über ihre Fehler lachen können, die sich nichts auf ihre Erfolge einbilden. Die sich nicht vorzeitig berufen fühlen, & die nicht vor ihrer Verantwortung fliehen. Die die menschliche Würde verteidigen & die nur an der Seite der Wahrheit & Rechtschaffenheit gehen möchten.

Es ist das, was das Leben lebenswert macht. Ich möchte mich mit Menschen umgeben, die es verstehen, die Herzen anderer zu berühren. Menschen, die durch die harten Schläge des Lebens lernten, durch sanfte Berührungen der Seele zu wachsen. Ja, ich habe es eilig. Ich habe es eilig, mit der Intensität zu leben, die nur die Reife geben kann. Ich versuche, keine der Süßigkeiten, die mir noch bleiben, zu verschwenden. Ich bin mir sicher, dass sie köstlicher sein werden, als die, die ich bereits gegessen habe. Mein Ziel ist es, das Ende zufrieden zu erreichen, in Frieden mit mir, meinen Lieben & meinem Gewissen. Wir haben zwei Leben & das zweite beginnt, wenn du erkennst, dass du nur eins hast.

Dieses Gefühl

Wie ein wildes Flattern, lebendig & bunt, so fühlt es sich an, wenn ich deinen Mund küsse. In mir fühle ich Schmetterlinge, sie kribbeln & kitzele bei jedem Blick. Ich kann kaum noch von dir lassen, du bist mein Glück. Das bunte Wirbeln lässt mich taumeln, alles treibt mich zu dir hin. Ich schließe langsam meine Augen & stelle mir vor, dass ich bei dir bin.

Die Schmetterlinge sollen fliegen, ich wünschte mir, für alle Zeit. Nichts soll uns jemals trennen, bis in die Ewigkeit. Dann antwortet der Brauch, Gedanken haben solche Macht, wir sehen es meistens nicht, ruckzuck hast du wen umgebracht & sagst: "Ich war es nicht!". Du hast es doch getan, du weißt es nur nicht mehr, du weißt noch nicht mal wann, du weißt noch nicht mal, wer. Du weißt nicht mehr warum, du weißt nicht mehr wieso, Gedanken fliegen krumm, im Kreis wie ein Lasso. Du kommst in ein Asyl, für schwere Fälle nur, dein Leben wird hier kühl, Verstand ist auf Kur. Du siehst Sterne fliegen, bunte Lichter hinterher, musst ans Bett gekettet liegen, fragst warum & wer. Wer hat dir das angetan, wer ist schuld hierfür, dein Hirn ist Achterbahn gefahren, du fragst wofür.

Wer bin "ich"???

Ich sitze & "grüble" über den großen Gedanken. wobei die Frage, mit der ich mich plage ist: wer „ich" bin & worin liegt der Sinn? Während ich erkenne, erahne oder sehe, dass „ich" nur wirklich wenig über „mich" verstehe, ja vieles noch mehr sein könnte oder gar bin.

Wohin mich auch zieht des Lebens Rätsel hin. Könnte es vielleicht noch Größeres geben, das wir vergaßen, bei all` unserem Streben, während unser Verstand zu wissen glaubt, dass nur das Körperliche die Welt „erbaut"? Körperliches Denken um mich ringsherum, von klein auf am Lenken, bis die Lebenszeit ist um, doch Tätigkeiten & Ereignisse kommen & gehen, während der Denkende erwacht. Dass dahinter zu verstehen: Im Vorgestern war „ich" vor einiger Zeit noch dort. Im Gestern dann an einem völlig anderen Ort, im Heute stehe „ich" wiederum hier & morgen schon gehe ich vielleicht durch eine neue Tür. All das war ich, bin ich & werde ich noch sein, doch wer bin "ich" dabei wirklich & wer sollte ich sein? Denn richtig & falsch scheint eine große Illusion, was die weisesten Weisen immer wussten schon. Was ist also „das", was ich tatsächlich bin, „das" mein Leben & Streben ständig in neue Bahnen lenkt, dabei alles Gewisse, Vertraute & Greifbare sprengt, dass meinen Geist immer wieder in nicht greifbare Bahnen denkt? Steckt hierin vielleicht der tiefere Sinn, also das Erkennen von dem, was "Ich" jenseits aller vertrauten Menschen, Orte, Zeiten & Ereignisse tatsächlich dann bin?

Schließlich ließe sich das Leben mit allem, was ist, war & jemals noch wird, reduziert auf ein „Ich bin" ein Realist.

Wenn ich mich in deinen Gedanken verliere

Ganz nah, ganz tief, bis da nichts mehr bleibt als dein Wunsch, dich in meinen Gedanken zu verlieren, wenn ich mich in deiner Stimme verliere, wie sie nach mir ruft, in dem reinsten Ausdruck hoffnungslosen Verlangens. Wenn ich mich in deinen Augen verliere. Wie sie sich immer wieder vor der Welt verschließen, um mich zu sehen, dann weiß ich, dass ich den Verstand verlieren müsste, um das alles zu verstehen. Wenn ich meine Gedanken nicht zu Ende denke, nicht einmal bis zum ersten Punkt, um mich in deinen Gedanken zu verlieren, ganz nah, ganz tief, wenn ich sie wie ein Gedicht lese, wenn dein Schweigen unerträglich laut wird & ich dich anrufe, um deine Stimme zu hören, wenn ich die Augen schließe, weil ich deinen Blick nicht ertragen kann. Voller Sehnsucht & Verständnis & sie wieder öffne, weil ich es nicht ertragen kann, deinen Blick zu vermissen, dann weiß ich, dass ich alles verstehe & verliere den Verstand.

Ewigkeit

Für wen bist du wichtig, für wen bedeutest du was? In wirklich harten Zeiten sieht man das. Man sieht all` die Lügen, aber auch jene Menschen, die sich um dich sorgen & die für dich kämpfen. Oft ist es nicht leicht, die Wahrheit zu finden, wenn Hoffnung & Kraft mit der Zeit langsam schwindet. Doch höre nicht auf, die Liebe zu suchen, zu keiner Zeit! Denn meine Liebe für dich ist für die Ewigkeit.

<u>Schlusssatz</u>

Einmalige Erlebnisse haben mich zu diesem Buch inspiriert, es ist ein Begleiter fürs Leben geworden, um Wünsche & Ideen besser zu verarbeiten. Sicher geeignet als Geschenk für kreative Menschen, die Lyrik & Poesie schätzen. Mit erfrischenden Handlungen, die das Leben mit sich bringt. Diese wurden in diesem Buch neu interpretiert, so wird Lesen durch Wahrhaftiges & Erlebtes "Lyrik zum Anfassen". Ich wünsche Ihnen eine schöne Gedankenreise.

Ihr Rainer Poth